KB128348

乱箭武林

난검무림 2

초판 1쇄 인쇄일 2015년 3월 23일 | **초판 1쇄 발행일** 2015년 3월 25일

지은이 용우 | **펴낸이** 곽중열 | **담당편집 팀장** 이범수
편집부 신연제 이윤아 김호성 김은경

펴낸곳 (주)조은세상 | **출판등록** 제2002-23호
주소 경기도 연천군 미산면 청정로 1355
TEL 편집부 02)587-2966 | FAX 02)587-2922
e-mail bukdu@comics21c.co.kr

ⓒ용우 2015
ISBN 979-11-5512-997-5 | ISBN 979-11-5512-995-1(set) | 값 8,000원

※잘못 만들어진 책은 바꿔 드립니다.
※저자와의 협의에 의해 인지는 생략합니다.

난검두림

용우 신무협 장편소설

醉俠武林

②

NEO ORIENTAL FANTASY STORY

북두
(주)조은세상

第1章. …7

第2章. …43

第3章. …77

第4章. …99

第5章. …129

第6章. …167

第7章. …201

第8章. …245

第9章. …269

第10章. …287

NEO ORIENTAL FANTASY STORY

난검무림

NEO ORIENTAL FANTASY STORY

第1章.

亂劍武林 난검두림

第1章.

찡-!

큰 징소리와 함께 구양문의 대연무장에 마련된 단상 위로 한 사람이 올라선다.

구양문 특유의 홍의무복을 입은 구양문주 열화검 구양찬이었다.

단상 위에 올라서자 문파 전체에 수도 없이 몰려든 사람들이 한 눈에 내려다보인다.

문파가 작은 것도 아니건만 정문 밖으로도 자리를 깔고 앉은 사람들이 적지 않았다.

"오늘 귀한 시간을 내어 이곳까지 달려와 준 무림동도

들께 이 구양찬 감사의 인사를 드리는 바이오.”

내공이 실린 목소리는 구석구석까지 전달되었고, 사방이 조용해지며 자신을 바라보자 모두가 볼 수 있도록 포권을 취하며 인사를 한 구양찬은 계속해서 말을 이었다.

“부족하나마 본문에서 최선을 다해 음식들을 준비해놓았습니다. 충분히 즐기시면서 은원이 있다 하더라도 흘려보내주시면 감사하겠습니다. 그럼 오늘 금분세수를 치를 본문의 전대 문주이시자 개인적으론 본인의 아버님을 모시겠습니다!”

와아아아!

소개와 함께 단상에 오르는 구룡화검의 등장에 많은 사람들이 환호성을 내지른다.

구양문의 무인이라면 예외 없이 입게 되어있는 붉은 무복이 아닌 깨끗한 흰색 옷을 차려 입고 있었는데, 오늘로서 무림과 인연을 끊겠다는 의지를 보여주는 것이었다.

“금일 본인의 금분세수에 증인으로 참석해주신 무림동도 여러분들께 감사의 인사를 전하는 바이오.”

사방으로 포권을 취하는 그에게 열렬한 환호성을 보내는 사람들.

구룡화검은 비록 칠왕에 들지는 못했지만 그에 근접한 것으로 인정받고 있는 실력자 중의 실력자.

그를 보기 위해 많은 이들이 찾은 것은 어쩌면 당연한 일일 지도 몰랐다.

"오늘 본인의 금분세수가 정당한 절차에 의해 치러졌음을 증인서주기 위해 먼 곳에서 귀한 손님이 오셨으니 어찌 소개를 하지 않을 수 있겠소이까."

그가 말을 하며 한쪽을 가리키자 그곳엔 단상보다 조금 낮은 곳에 탁상과 의자가 놓여 있었는데, 어느 사이에 사람들이 앉아 있었다.

"먼저 먼 화산에서 찾아주신 칠왕의 일인이신 매화검선(梅花劍仙)이십니다."

"와아아아!"

자신이 소개되자 매화검선이 자리에서 일어서서 모두를 향해 포권을 취한 뒤 자리에 앉는다.

하지만 결코 얼굴이 좋아보이진 않는다.

보통 이런 자리가 마련이 되면 배분이 높거나 무림에서의 이름이 높은 순서로 이름이 불리는 것이 마련인데, 함께 앉은 이들의 이름이 너무 쟁쟁했던 것이다.

'하긴 이곳에서 밀려나지 않은 것 만해도 다행인 건가?'

곁눈질로 살짝 밑을 바라보자 꽤 좋은 자리가 배치되었음에도 불구하고 자신처럼 불편한 모습을 한 자들이 보인다.

이 자리를 빛내기 위해 찾아왔던 다른 문파의 장문인들이었다.

다른 문파였다면 이 자리에 서고도 남았을 그들이 밑으로 내려가게 된 것은 오직 하나.

자신의 옆에 앉은 두 사람 때문이었다.

"먼 거리에서. 이 못난 사람을 보고자 귀한 발걸음을 해주신 오제의 현천검제(玄天劍帝)과 마룡도제(魔龍刀帝) 두 분 이십니다!"

"와아아아!"

방금 전 칠왕의 일인인 매화검선이 소개되었을 때와 비교되지 않을 함성이 막간산을 뒤흔든다.

특히 마룡도제의 등장은 수많은 사람들을 흥분시키고 있었다.

몇 년 씩이나 모습을 감추었던 그가 나타난 것이니 당연한 이야기였다.

자신에게 향한 환호성 보다 그를 향한 것이 더 많다는 것을 알지만 현천검제는 그것을 티내지 않았다.

오제라 불리는 다섯 사람들 중 유일하게 소속 문파가 없다는 뜻은 지지기반이 없기에 큰 힘을 발휘 할 수 없다는 말이지만 적어도 마룡도제에겐 그런 이야기는 통하지

12

않는다.

그를 영입하기 위해 눈에 불을 밝히는 문파는 정사마를 가리지 않는다.

작은 마찰로 인해 그가 어느 한쪽으로 기울어지게 된다면 그 비난은 상상을 초월할 것이 분명했다.

게다가 결정적으로 현천검제는 그가 싫지 않았다.

자신의 뜻대로 소신대로 살아가는 자유로운 사람이었으니까.

세 사람의 소개가 끝나자 구룡화검은 다시 사람들을 보며 이런저런 이야기를 하기 시작했고, 그에 따라 웃는 사람들도 있었고 고개를 끄덕이는 자들도 있었다.

그렇게 반 시진 정도 이야기를 끌고 나서야 마침내 금분세수의 진정한 순간이 다가왔다.

둥, 둥, 둥!

가슴을 울리는 북소리가 요란하게 울려대며 구양문의 제자들이 조심스럽게 단상 앞에 마련된 연무장에 평범한 물그릇을 가져다 놓는다.

구룡화검 그가 손을 씻을 물그릇이었다.

"이제 이곳에서 손을 담그고 씻고 난다면 본인은 무림과 전혀 관계없는 사람이 되는 것이오! 그 전에 은원을 정리하고자 하는 이는 앞으로 나서시오! 북이 열 번 울리는

동안 나오질 않는다면 없는 것으로 생각하고 금분세수 할
것이오!"

구룡화검의 목소리가 사방에 울려 퍼지고, 얼마 지나
지 않아 북이 울리기 시작했다.

둥! 둥! 둥!

세 번의 북소리가 금세 지나간다.

사실 이것은 요식행위에 지나지 않는다는 것을 이 자
리에 구경을 온 사람들은 모두 알고 있었다.

증인으로선 것이 다른 사람도 아닌 오제의 두 사람과
칠왕의 일인이다.

거기다 곳곳에 붉은 무복을 입은 채 날카로운 기세를
흘리고 있는 구양문 무인들이 잔뜩 있음이니 앞으로 나선
다는 것은 결코 쉬운 일이 아니었다.

다른 사람도 아니고 오제의 두 사람을 적으로 돌릴 용
기를 가진다는 것은 결코 쉬운 일이 아니니까.

그렇게 여덟 번째의 북소리가 지나가고 아홉 번째가
울리려는 순간이었다.

웅성웅성.

사람들이 웅성거리기 시작하더니 곧 연무장으로 향하
는 길이 만들어지고 그곳을 한 사내가 휘적휘적 걸어온
다.

얼굴을 찡그리는 구룡화검.

설마하니 누가 나설 것이라곤 생각지 못했다.

아니, 그 뿐만 아니라 누구도 예상치 못한 일이었다.

"그대는 누구시오?"

일단 올라온 상대와는 무조건 은원을 해결해야 한다. 그것이 금분세수의 암묵적인 규칙이었다.

그렇기에 구룡화검은 정중히 물었지만 문제는 아무리 생각해도 기억이 나질 않는다는 것이다.

이런 자리에서 당당히 앞으로 나올 정도라면 제법 실력이 있다는 것인데, 그런 자라면 기억에 없을 리 없었다.

하지만 아무리 생각해도 떠오르지 않는다.

자신의 물음에도 대답하지 않고 주변을 둘러보는 그.

"어떤 은원을 가지고 있는 지 알 수 없으나 나와 겨루어 그대의 분이 풀린다면 얼마든지 받아주겠소. 하지만 그것으로 우리의 은원은 끝이 날 것이외다."

끝까지 정중함을 잃지 않는 구룡화검에게 그가 드디어 입을 열었다.

"네 목을 받아가겠다."

크르릉.

짧은 말과 함께 허리춤의 검을 뽑아드는 그.

기묘한 소리와 함께 드러난 검은 그 소리와 다르게 평

범한 장검과 비슷하게 생겨 있었다.

하지만 자세히 살피니 일정한 간격으로 검에 홈이 파여져 있는 특수한 검이었다.

기형검이라 불리는 일종인데 이런 검을 사용하는 사람이 무림에 드물지만 없지 않았기에 구룡화검은 치밀어 오르는 분노를 삭이며 만약을 위해 준비해둔 검을 집어 들었다.

그가 검을 드는 그 순간.

사내가 검을 휘두른다.

캬캬캭!

귀를 찌르는 독특한 괴음과 함께 시작된 둘의 싸움!

정확한 원인도 밝혀지지 않은 싸움이었지만 사람들은 그저 지켜보기만 한다.

금분세수의 과정에 있는 싸움이기 때문이다.

이 싸움에서 구룡화검이 이긴다면 은원은 없어지게 될 것이지만 반대로 그가 이긴다 하더라도 구양문에선 그 죄를 물을 수 없었다.

그 모든 것을 감수하는 일이 바로 금분세수인 까닭이다.

"이상하군. 어디서 본 것 같은데…."

둘의 싸움을 지켜보고 있던 현천검제가 중얼거리자 그것을 들은 매화검선이 고개를 끄덕인다.

"현천검제께서도 그리 생각하십니까? 저 역시 본 것 같은데 기억이 잘 나질 않습니다. 어릴 적에 본 것 같은데 말입니다."

"흐음…."

매화검선까지 본 것 같다고 하자 현천검제는 더욱 신경 써서 이름도 밝히지 않은 그의 검을 지켜본다.

'기형검과 독특한 호흡을 가진 검술. 게다가 이 귀를 찌르는 괴음까지. 대체 어디서 본 것일까?'

고민하는 그.

그때 조용히 상황을 지켜보고만 있던 마룡도제가 그에게 말했다.

"나는 몰라도 현천검제 그대라면 나설 수 있겠지."

"그건 또 무슨 소린가?"

많은 친분이 있는 것은 아니지만 같은 오제에 속한 만큼 얼굴 안면 정도는 있었기에 편하게 말을 하는 두 사람.

"아직도 기억나지 않는가? 내가 알기론 정파 무림에서 잡기 위해서 꽤 노력을 했었던 것으로 아는데?"

"우리가? 음…."

아직도 기억을 못하는 그에게 마룡도제가 몇 마디를

더 한다.

"결국 다 잡았던 자를 놓쳤던 것으로 기억하네만?"

"우리가 나서서 다 잡았다가 놓쳤다? 으음… 서, 설마!"

갑작스레 머릿속에 떠오른 한 사람.

분명 오래 전 정파 무림이 힘을 합쳐서 한 사람을 잡기 위해 움직인 적이 있었다. 게다가 다 잡았다 생각한 그를 놓치기까지 했었다.

이를 갈며 그가 다시 나타나길 기다렸지만 결국 찾을 수 없어서 당시 입었던 상처가 악화되어 죽었을 것이라 추측했던 한 사람.

마도 출신의 무인으로 흉악하기 그지없어 흉검이란 별호가 붙었던 사내.

한 번 떠오르기 시작하자 그에 대한 것들이 빠르게 생각난다.

뿐만 아니라 그의 검술까지도.

"다, 닮았군! 그러고 보니 닮았어. 게다가 저 검! 이제야 생각나는 군!"

"흉검(兇劍). 그와 어떤 식으로든 연관이 되어 있겠지."

마룡도제의 말이 끝나기 무섭게 현천검제와 매화검선이 앞으로 뛰쳐나간다!

그 모습을 보며 마룡도제 역시 자리에서 일어섰다.

"오랜만의 무림행이 길어지겠구나."

하늘을 보며 씁쓸하게 중얼거린 그가 한 발 늦게 연무장으로 향한다.

콰직!

"큭!"

검과 검이 부딪쳤는데 평생 들어본 기억이 없는 기괴한 소리와 함께 손목에 큰 고통이 밀려온다.

난생 처음 겪어보는 기현상에 구룡화검은 이를 악물었지만 놈의 검이 흔들릴 때마다 들리는 기괴한 소리가 들릴 때마다 애써 모은 내공이 흩어진다.

휘릭!

쩡!

매섭게 날아드는 검을 막아내며 연신 뒤로 물러서는 그.

'대체 저 검이 무엇이기에!'

경악을 하면서도 어떻게든 탈출구를 뚫어보려 하지만 번번이 내공이 흩어지니 어찌 할 방법이 없었다.

극양의 기운을 운용하는 구양문 무공의 유일한 약점이 있다면 충분한 위력을 내기까지 시간이 걸린다는 것이었다.

즉, 내공의 집결까지 걸리는 시간이 타 무공에 비해 오래 걸리는 것이다.

대신 준비만 끝난다면 무시무시한 위력을 발휘한다.

카카칵!

검이 상대를 비웃는다?

놈이 검을 휘두를 때마다 나는 소리는 그런 표현이 딱 어울린다.

떠덩! 떵!

연신 뒤로 밀리는 구룡화검을 보며 그 모습을 지켜보던 사람들은 너나 할 것 없이 경악하고 있었다.

구룡화검이라 하면 칠왕의 자리에 오르진 못했으나 그에 못지않은 실력을 지닌 것으로 유명하지 않는가.

금분세수에서 은원을 처리하겠다 나선 것은 가상하지만 오래 지나지 않아 구룡화검이 이길 것이라 모두 예상했다.

헌데 정작 상황이 벌어지자 심상치 않은 모습이 보이는 것이다.

특히 긴장 한 것은 구룡문의 무인들이었다.

어느새 몸을 감추고 있던 이들까지 모습을 드러내 상황을 주시하고 있었다.

카카칵!

움찔.

연신 들려오는 기괴한 소리에 태현의 몸이 움찔거린다.

가까운 거리도 아닌데도 태현이 반응을 할 정도로 놈의 검이 내는 소리는 보통의 것이 아니었다.

다만, 태현을 제외한다면 모두들 별 다른 것을 느끼지 못하고 있단 사실이다.

"어렵겠군."

갑작스런 태현의 말에 곁에 있던 선휘가 그를 바라본다.

그 시선을 받은 태현은 선휘만 들을 수 있을 정도로 작게 말했다.

"지금 이 소리 들리지?"

카카칵!

"귀가 불편해지는 이 소리 말인가요, 사형?"

"그래. 지금 구룡화검이 밀리고 있는 이유는 바로 이 소리 때문이다."

"검을 다루는 것처럼 보이는데, 음공(吸功)인가요?"

"어떻게 보면 그렇다고 볼 수도 있지. 이 소리가 들릴 때마다 구룡화검의 몸이 움찔하며 뒤로 물러서지?"

"그러고 보니⋯."

"내공이 모이지 않는 것이겠지. 오래 전 천기자 사부님께서 말씀하시길 간혹 저런 기병을 쓰는 자들이 무림에 있다고 하셨지. 소리로 상대를 현혹하거나 내공을 모을 수 없도록 한다 하셨는데, 이렇게 보게 될 줄은 몰랐군."

태현의 설명에 새삼스런 눈으로 두 사람의 싸움을 지켜보는 선휘.

백검에게 무공을 배우고 무림에 대해 어느 정도 가르침을 받기는 했지만 아직 모르는 것이 더 많았다.

그렇기에 태현의 이런 설명 하나하나가 새로운 것이었다.

사실 태현도 천기자에게 이런저런 것들을 배울 때는 왜 배우는 것인지 알 수 없었지만, 이렇게 무림에 나오고 보니 그 시간이 더 없이 소중한 것들이었다.

또한 자신이 무림에 나간 이후 위험을 겪지 않도록 하기 위한 천기자 사부의 세세한 가르침이었음을 다시 한 번 깨닫는다.

그러는 사이 무대 위의 싸움은 점차 거칠어지고 있었다. 누가 보더라도 역력히 구룡화검이 밀리고 있었다.

"끝났군."

"예?"

"현천검제가 움직인다."

"멈춰라!"

우르릉!

현천검제의 목소리가 쩌렁쩌렁 사방을 울린다.

그와 함께 구룡화검의 정면에서 모습을 나타낸 현천검제를 보며 막 공격을 하려던 그가 뒤로 물러선다.

하지만 어느 사이에 그의 뒤는 매화검선이 자리를 잡고 있었다.

웅성웅성-.

갑작스런 상황에 웅성거리는 사람들.

아무리 구룡화검이 위험에 처했다고 한 들 금분세수가 진행되던 상황이다.

그런 상황에서 저 두 사람이 개입을 하는 것은 있을 수 없는 이야기였다.

"왜, 왜?"

위험한 상황이었음에도 불구하고 구룡화검이 놀란 얼굴로 물을 정도였다.

"금분세수를 망친 것은 미안하네. 하지만 그보다 중요한 일이 생겼다네."

"예?"

이유를 모르겠다는 그를 뒤로하고 현천검제가 한 발 앞으로 나서며 기형검을 든 그를 향해 소리쳤다.

"넌 누구냐! 정체를 밝혀라!"

우웅.

현천검제의 몸에서 흘러나오는 막대한 기운!

그 어마어마한 기세에 그가 잠시 움찔했지만 곧 기형검을 허공에 한 번 휘두른다.

카카칵!

"음?"

그 특유의 소리와 함께 현천검제는 자신이 끌어올리던 내공이 순간 흩어지는 것을 느꼈다.

하지만 그것으로 확신 할 수 있었다.

"다시 묻지. 흉검과 무슨 관계인 것이냐."

"휴, 흉검!"

현천검제의 말에 깜짝 놀라는 구룡화검.

아니, 그 뿐만 아니라 그의 말을 들은 모두가 크게 놀랐다.

흉검의 악명은 그가 사라진지 오랜 시간이 흘렀음에도 불구하고 아직도 전해질 정도였다.

게다가 정파무림이 대대적으로 나섰음에도 불구하고

잡질 못했다는 것 때문에 더욱 유명해진 인물이었다.

"크크큭! 크하하하!"

돌연 큰 웃음을 터트리는 사내.

그는 한참을 웃더니 곧 싸늘한 눈으로 현천검제를 보며 천천히 입을 열었다.

"흉검? 그래 흉검이라… 내 스승님을 그렇게 부르는 놈들이 있긴 했지. 하지만 스승님이 무엇을 잘 못했더냐! 무림에서 죽고 사는 것은 당연한 것이고, 그저 그 속에서 이 파영검(破靈劍)을 썼다고 해서 흉검이란 이름을 붙이고 핍박한 네놈들을 용서치 않으리!"

"괴변이로고! 당시 흉검의 손에 죽어간 사람이 무려 삼백이고 그 중에는 죄 없는 양민들도 다수 속해 있었음이다. 무림과 관련 없는 이들까지 죽인 것은 결코 용서 할 수 없는 일이다."

"크하하! 무공을 완성하는 과정에서 발생한 일일 뿐! 실력으로 모든 것을 말하는 세상이지 않느냐!"

광소를 터트리는 그의 몸에서 막대한 살기와 광기가 흘러나오며 현천검제의 기운에 대항하기 시작한다.

그에 얼굴을 찌푸리며 현천검제가 입을 열려고 할 때 어느새 다가온 마룡도제가 말했다.

"무의 극을 보는 것은 무인이라면 누구든 꿈꾸는 것이

다. 하지만 그 과정에서 전혀 관련 없는 사람을 죽이면서까지 그 끝을 보겠다는 것은 지독한 아집이자 오만일 뿐. 또한 그런 식으로 무의 끝을 본 사람이 있다는 이야긴 난 들어본 적이 없다."

본래 마도 출신인 그의 말은 아주 큰 설득력을 지니고 있었다.

지금은 어디에도 속해있지 않지만 그가 마도 출신이라는 것은 그 스스로도 부정하지 않는 사실이다.

게다가 그 말처럼 살인과 살육을 통해 얻은 깨달음으로 무의 극의를 깨우친 사람은 무림 역사상 단 한 사람도 없었다.

"크크큭! 내가 왜 이 자리에 왔는지는 누구도 궁금하지 않은 모양이지?"

"음?"

갑작스런 놈의 말에 모두의 시선이 집중된다.

"내 이름은 구양… 천호. 본래 이 가문을 이어 받았어야 할 나다! 캬하하하! 아버지란 작자가 아들을 버리더니 그 얼굴도 알아보지 못하는 구나!"

찌이익!

말과 함께 목덜미를 잡고 힘을 주자… 인피면구가 벗겨지며 진짜 그의 얼굴이 드러난다.

26

상처 가득한 얼굴.

지독한 화상을 입었던 것인지 도저히 쳐다볼 수 없을 정도로 참담한 그 얼굴이 드러나 경악 한 것은 구룡화검과 구양문주인 열화검이었다.

"네, 네가 어떻게!"

"형님이?!"

깜짝 놀라는 두 사람.

본래 구양천호는 구양문의 후계자로서 수많은 기대를 받던 이였으나, 문파의 무공을 익히는 와중 일어난 사고로 인해 주화입마를 당했다고 알려져 있었다.

하지만 그것은 대외적인 이야기고 후계자란 지위만 믿고 오만방자하게 살다가 결국 큰 사고를 치고 아비인 구양승에게 직접 단전을 폐하고 문파에서 축출 당한 것이었다.

이후 동생이던 구양찬이 문파를 계승했고 말이다.

뒤늦게 그를 찾으려 했었지만 도저히 찾을 수 없었는데 이렇게 나타난 것이다.

놀라는 둘의 얼굴을 보며 크게 만족한 듯 흉측한 얼굴로 크게 웃는 그.

"크하하하! 그래, 그 얼굴을 보고 싶었다! 비켜라! 이것은 우리 문파의 일이 될 것이니!"

당당히 외치는 구양천호.

그의 말대로라면 상황이 어찌되었건 구양문파 내부의 일이기 때문에 현천검제와 매화검선이 개입할 여지는 없어진다.

자칫 무당과 화산이 구양문의 일에 개입하는 것처럼 보일 수도 있기에 아주 민감해지는 문제가 되는 것이다.

하지만 매화검선이 그런 그의 의도를 차단했다.

"그것은 물론 네 말대로 구양문 내부의 일이 될 것이다. 허나, 네 사부의 일은 정파 전체의 일! 그 일이 해결되기 전까지는 우리와 함께 움직여야 할 것이다."

"크큭, 그래. 그렇게 나올 줄 알았지."

미리 예상했던 일이라는 듯 여유롭게 웃던 구양천호가 품에서 붉은 단약을 꺼내더니 단숨에 집어 삼킨다.

"방해를 하겠다면… 다 쓸어버리는 수밖에. 크크큭!"

먹은 약이 어떤 것인지 알 수 없으나 구양천호의 붉어진 눈과 점차 강해지는 기세를 보며 현천검제는 그가 쉽게 물러서지 않을 것임을 직감했다.

"허허, 구양문주. 문파의 일에 참견하는 것처럼 보여 미안하지만 이번 일은 대승적인 차원에서 용납해 주길 바라오. 흉검과 관련된 일은 그 무엇보다 최우선 적으로 처리되어야 할 사안이니."

"그리하겠습니다."

현천검제가 사과하며 말하자 구양문주는 곧장 동의했다.

형인 구양천호가 살아있다는 사실은 놀라운 것이지만 그보다 더 놀라운 것은 그가 흉검의 제자가 되어 돌아왔다는 것이다.

정파에 속한 자들이라면 흉검에 대한 것이 얼마나 중요한 일인지 잘 알고 있었다.

그렇기에 문파 내부의 일임에도 불구하고 그는 현천검제에게 모든 것을 맡겼다.

당연한 일이기도 하지만 차마 형인 그에게 검을 휘두를 수 없었기 때문이다. 게다가 그가 자신의 정체를 밝히자 멍한 얼굴로 그를 바라만 보고 있는 아버지 구룡화검의 모습도 걱정이 되고 말이다.

"일단 물러서시지요, 아버님."

"으음…."

비틀거리며 그가 이끄는 대로 뒤로 물러서는 구룡화검.

그때였다.

"크아아아!"

비명과도 같은 괴성과 함께 이제까지와는 비교도 되지

않는 폭발적인 기운이 구양천호의 몸에서 터져 나오기 시작했다!

눈앞의 모든 것을 베어버리겠다는 강렬한 살기와 함께 폭발적으로 흘러나오는 그의 기세는 사뭇 대단한 것이라 현천검제 조차도 긴장할 정도였다.

카카칵!

"컥!"

"헉! 내공이 사라졌다!"

그의 손에 들린 파영검이 이제까지와 비교 할 수 없는 강렬한 비명을 내지르자 주변에서 지켜보고 있던 자들이 일제히 당황하며 비명을 내지른다.

소리를 들은 자라면 누구든 예외 없이 일순 내공이 흩어져 버린 것이다.

갑작스런 상황에 소란이 일자 매화검선이 뒤를 향해 외쳤다.

"모두 물러서시오! 저 괴음을 들으면 내공이 흩어져 제 힘을 발휘하기 어려움이니 자칫 싸움에 말려들면 큰 화를 면하지 못할 것이오!"

그의 말이 떨어지기 무섭게 사람들이 다급히 물러서기 시작했고, 갑작스레 엉망이 된 문파 내부를 정리하기 위해 구양문도들이 안간 힘을 쓴다.

덕분에 대연무장은 순식간에 사람들이 빠져나가며 정리 될 수 있었지만, 여전히 꽤 많은 이들이 남아 상황을 지켜보고 있었다.

자신의 실력에 자신이 있거나, 목숨이 위협받더라도 자신의 눈으로 이 상황을 지켜보고자 하는 자들이었다.

그 중에는 태현과 선휘도 있었다.

"살벌하네요."

선휘의 말에 태현은 묵묵히 고개를 끄덕이며 그의 행동을 주시했다.

특히 파영검에 집중하고 있었는데, 저런 기병은 쉬이 볼 수 있는 것이 아니니 이번 기회에 잘 봐두려는 것이다.

언제고 저런 무기를 사용하는 자를 만나지 말라는 법도 없으니까.

먼저 움직인 것은 구양천호였다.

스팟!

바닥을 박차고 움직인 곳은 뒤쪽의 매화검선이 있는 곳이었다. 앞에 서 있는 현천검제 보단 뒤쪽의 매화검선이 상대하기 편하다 판단한 것이다.

하지만 그것은 매화검선의 자존심을 시험하는 일이었다.

'이놈이!'

매화검선은 진심으로 분노했다.

아무리 오제에 비해 이름이 떨어지는 칠왕이라 하지만 무림 최강자 중의 하나인 자신이 아닌가.

그런 자신을 만만하게 보고 달려드는 놈의 얼굴에 크게 분노한 것이다.

지금의 자리에 서기 위해 부단한 노력을 가했던 그이기에 더욱 그러했다.

"허! 날 너무 쉽게 보는구나!"

챙!

허리춤의 검이 매서운 예기를 뿜어내며 뽑혀 나온다.

그가 검을 뽑아 들고 내공을 일으키자 잔잔히 퍼져나가는 매화향!

화산 무공을 극에 이를 정도로 익히게 되면 매화향이 일어난다고 한다.

하지만 그것은 오랜 시간 전설로만 남아있었는데, 매화검선은 그 전설을 사실로 만든 입지적인 인물!

매화향이 피어오름과 동시 그의 검이 허공에 수놓아지더니 무수히 많은 매화를 피어 올린다!

카카칵!

내공을 흩으러 트리는 소리가 날카롭게 들려오지만 매화검선의 검은 멈추지 않는다.

이 정도로 타격을 입을 것이었다면 칠왕의 일인이 되지도 못했을 것이다.

"이것이 화산의 검이다! 받아 보거라!"

화륵.

그의 검 끝에서 피어난 매화가 사방을 점유하며 비처럼 쏟아진다.

화산의 대표적인 무공이자 그에게 매화검선이란 별호를 붙게 만든 이십사수매화검법(二十四手梅花劍法)이 펼쳐진다!

본래 이십사수매화검법은 화산의 정제자라면 누구든 배울 수 있던 무공이었으나, 그것을 집념을 가지고 파고든 매화검선은 화산 최고의 무공 중 하나로 탈바꿈을 시켜 놓았다.

카카칵!

떨어지는 매화 하나하나가 강대한 기운을 품고 있는 기의 덩어리였기에 스치기만 해도 큰 상처를 입는다.

하지만 구양천호는 자신의 검의 힘을 믿고 크게 휘두른다.

기괴한 소리와 함께 피어오른 매화들이 사라지고, 그의 검이 매화검선을 향해 떨어져 내린다!

쩌엉!

설마하니 이런 식으로 자신의 매화를 없애버릴 줄은 몰랐던 매화검선이지만 과연 칠왕의 일인답게 어렵지 않게 검을 들어 공격을 막아낸다.

하지만 그것이 실수였다.

파양검은 검날이 톱니와 같아 부딪치는 순간 큰 충격을 받을 뿐만 아니라, 자칫 검을 놓치거나 부러트릴 수도 있는 괴랄한 병기!

손, 팔목, 어깨를 통해 느껴지는 강력한 충격에 앞서 구룡화검이 그것 때문에 큰 변을 당했음을 떠올린 매화검선은 실수 했나 싶었지만 이미 늦있다.

"큭!"

이를 악물며 재빨리 거리를 벌리는 매화검선.

그가 가지고 있는 검은 화산의 제자라면 누구든 가지고 있는 평범한 장검이다.

그렇기에 방금 전의 충격 속에서 자칫 검이 부러질 수도 있었는데, 다행이 순간적으로 손목을 비틀어 최악의 상황은 피할 수 있었다.

자칫 검이 부러질 수도 있던 상황인 것이다.

"겨우 이 정도가 칠왕의 힘인 거냐!"

카카각!

광기 가득한 얼굴로 연신 검을 휘두르는 구양천호의

공격을 매화검섬은 피하는데 집중해야 했다.

검끼리 부딪치는 것을 최소화 하고 부드럽고 간결한 몸놀림으로 검을 흘려내며 반격할 시점을 찾기 위해 부단히 노력해야 했다.

하지만 동작이 크고 허점이 많아 보이는 그에게서 빈틈을 찾는 것은 쉽지 않은 일이었다.

특히 번번이 울어대는 놈의 검 때문에 내공의 흐름이 원활하지 못하는 것이 제일 큰 문제였다.

'뭐 이런! 제길!'

사람들이 쳐다보는 가운데서 연신 밀리고 있으니 자존심에 큰 상처를 입었지만 당장으로선 반격할 방법이 없다.

그런 가운데 지켜만 보고 있던 현천검제가 움직였다.

"거기까지 하는 것이 좋을 것 같군."

스컥!

어느 틈에 그의 허리춤에서 뽑혀 나온 고검(古劍)이 둘 사이를 헤집는다.

날카로운 소리와 함께 연무장 바닥이 갈라진다.

낡은 검이 만들었다곤 믿을 수 없을 정도로 예리한 자국이 선명하게 남는다.

태산 같은 기세를 뿜어내는 현천검제를 보며 매화검선

은 한숨을 내쉬며 뒤로 물러섰고, 구양천호는 방해를 받은 것이 기분 나쁜 듯 인상을 쓰며 몸을 돌린다.

키릭, 킥.

파영검을 이리저리 흔들 때마다 그 독특한 소리가 울려 퍼진다.

스슥.

언제든 출수할 자세를 갖춘 채 천천히 움직이는 그.

그런 그에게 현천검제는 나지막한 목소리로 말했다.

"자네가 흉검의 무공을 이었다고는 하나 지금까지 무림에 큰 피해를 준 것이 없으니 덧하진 않겠네. 허나, 그대의 사부 흉검은 많은 살생을 저지른 자. 우리로선 꼭 그에 대한 정보가 필요하네. 현천검제란 이름에 걸고 약속하지. 흉검에 대한 정보를 건네준다면 자네를 풀어 주겠네."

자신의 이름을 걸고 약속하는 현천검제.

현천검제란 이름이 가는 무게감을 생각한다면 그것은 파격적인 조건이나 다름 없었다.

허나, 구양천호는 그를 비웃었다.

"웃기고 있네. 사부를 팔아먹는 멍청이가 무림 어디에 있던가? 그럴 것이었다면 처음부터 사제지간을 맺지 말았어야지. 현천검제 그대라면 그럴 수 있겠나? 응? 킥

36

킥."

"흠… 굳이 벌주를 택한다면 어쩔 수 없겠지."

"그놈의 벌주타령! 정파란 놈들이 항상 내뱉는 골이 타분한 소리지. 하지만 말이야. 그것도 힘이 있는 자들이나 쓸 수 있는 말이야."

슈확!

멈춰섰던 그의 신형이 눈 깜작 할 사이 현천검제의 앞에서 나타나더니 무섭도록 빠르고, 예리하게 검을 휘두른다.

매화검선과 싸울 때의 움직임은 거짓이라도 되었던 것인지 비교 할 수 없는 속도다.

도저히 반응 할 수 없을 것 같은 그때.

현천검제의 빈손이 움직였다.

투확-!

허공을 때리는 소리와 함께 달려왔던 것보다 더 빠른 속도로 튕겨져 나는 구양천호!

"흠. 피한 건가?"

튕겨 난 것은 구양천호이건만 놀란 것은 현천검제였다.

그 짧은 순간 현천검제의 왼손에선 무당이 자랑하는 무공 중 하나인 면장(綿掌)이 펼쳐졌다.

틈을 놓치지 않은 완벽한 공격이라 생각했더니 억지로 검로를 비틀어 막아낸 것이다.

현천검제는 검제(劍帝)란 별호처럼 검을 주로 사용하는 검사이지만 동시 무당이 자랑하는 최강의 무인이었다.

무당이 자랑하는 무공들 중 통달하지 않은 것이 없으며 특히 그의 면장은 일품으로 잘 알려져 있었다.

그 덕에 초근접전이 벌어지는 상황에서 이제까지 단 한 번도 패한 적이 없을 정도였다.

주륵-.

히지만 완벽하게 피한 것은 이니었던 지 입가로 피를 흘리는 구양천호.

억지로 검로를 뒤틀어 그의 면장을 받아낸 상태였기에 충격을 완전히 해소하지 못해 몸 이곳저곳에서 강한 위험 신호를 보내온다.

으득!

"이 정도로 포기 할 것이었다면 시작조차 하지 않았을 것이다!"

악을 쓰며 내공을 끌어올리는 구양천호!

그 순간.

구양천호의 몸에서 폭발적인 기운이 치솟기 시작했다.

그 끝이 보이지 않을 정도로 치솟는 기운에 당황한 것

은 현천검제 역시 마찬가지였다.

사람의 몸에 잠들어 있는 잠재력에는 한계가 있기 마련이다. 그것을 극한으로 발휘한다 하더라도 지금 구양천호와 같은 모습을 보일 수는 없었다.

"크아아아아!"

괴성을 지르는 놈의 몸에서 검붉은 기운이 연신 뻗어 나온다.

진득한 살기가 가득 묻어 있는 불길한 기운.

어느새 검게 물들기 시작하는 그의 몸을 보며 직감적으로 더 이상은 위험하다 판단한 현천검제가 재빨리 구양천호를 향해 달려들었다.

"흡!"

촤라락!

짧은 호흡과 함께 구양천호의 사방을 점하며 날아드는 검의 환영!

"태극혜검(太極慧劍)이다!"

누군가의 외침대로였다.

무당 최고의 무공으로 평가받는 태극혜검이 펼쳐진 것이다.

태극의 힘을 머금은 검은 짧은 시간에 큰 위력을 발휘하고, 환영처럼 보이는 검들은 그 하나하나 전부 실체였다.

진정한 태극혜검의 위력은 무림제일이라 평한 사람이
있을 정도였다.

"크크큭! 죽어!"

날아드는 검에 겁먹을 만도 하건만 놈은 오히려 웃으
며 현천검제를 향해 달려들었다.

카카칵!

파영검이 이제까지와 비교 되지 않을 정도로 크게 웃
자, 그의 앞으로 날아들던 태극혜검의 검들이 산산 조각
나며 부서지기 시작한다.

하지만 부서지는 것만큼 또 다른 검들이 생성되며 날
아든다.

쩌정! 쩌엉!

힘과 힘의 대결!

천하에서 손에 꼽는 내공을 지닌 것으로 평가받는 현
천검제와의 힘 대결이다.

상황을 지켜보던 대부분의 사람들이 현천검제가 이길
것이라 판단했다.

태현과 선휘 역시 마찬가지였다.

구양천호가 무슨 짓을 벌인 것인지 알 수 없지만 확실
한 한 가지는 그 어떤 방법을 쓴다 하더라도 현천검제는

이길 수 없다는 것이었다.

그만큼 현천검제의 힘은 어마어마한 것이었다.

아직 제 실력을 내지 않고 있음에도 불구하고 잠시 보이는 힘의 파편은 그만큼 강렬한 것이었다.

"크… 크아아악!"

마지막 힘을 써보려는 것인지 구양천호가 비명을 내지르며 앞으로 달려 나간다.

파팟!

날아드는 검에 상처입자 순식간에 붉은 혈인으로 변하는 그! 하지만 그는 멈추지 않고 앞으로 달려가더니 있는 모든 힘을 실은 검을….

던졌다!

"흠!"

검붉은 기운이 가득 담긴 검이 직선으로 날아들자 어렵지 않게 피해낸 현천검제가 그를 제압하려는 순간.

보았다.

웃고 있는 구양천호의 얼굴을.

"끄아아악!"

난데없는 비명소리가 구양문에 울려 퍼진다.

NEO ORIENTAL FANTASY STORY

第 2 章.

第 2 章.

콰직!

선명한 소리와 함께 들려오는 비명.

"끄아아악!"

비명과 함께 주저앉은 것은 구룡화검 구양승이었다.

가슴을 꿰뚫은 파양검.

"컥…!"

무엇이라 말을 하려는 것인지 구양천호를 향해 손을
뻗던 그의 몸이 바닥에 쓰러진다.

텅 빈 두 눈이 더 이상 그가 이 세상 사람이 아님을 알
린다.

"아, 아버님!"

"사, 살인이다!"

"구룡화검이 죽었다!"

멍하니 상황을 지켜보고 있던 사람들이 소란을 떨기 시작했고, 금세 구양문 전체가 소란스러워지기 시작했다.

"크크… 크하하하!"

광기어린 얼굴로 미친 듯 웃음을 터트리는 구양천호.

"아버님, 아버님!"

다급히 달려와 구양승의 몸을 흔들던 구양찬은 연신 들려오는 형의 웃음소리에 크게 분노하더니 그를 향해 달려들었다.

"이노오옴!"

분기탱천해 달려드는 그를 말리기도 전에 구양천호가 구양찬의 검을 향해 달려들었다.

푸확!

"헉!"

정확하게 심장을 찌르는 구양찬의 검.

모두가 깜짝 놀랄 때 구양천호가 웃었다.

"크크큭! 평… 생. 후회… 하며… 살… 아라…!"

털썩.

끝까지 저주를 남기며 눈을 감는 구양천호.

검게 물들었던 그의 몸이 본색을 찾기 시작했지만 누구도 거기에 신경 쓰지 못했다.

짧은 시간 벌어진 참사에 대응하지 못한 것이다.

┼┼

다각, 다각-.

빈 수레에 짐꾼들이 올라타니 진양표국이 움직이는 속도가 한층 빨라진다.

구양문에서의 충격적인 일이 벌어진 그날 일행을 추슬러 막간산을 벗어난 진양표국의 일행.

그 안에는 태현과 선휘.

그리고 마룡도제도 함께하고 있었다.

일이 복잡해지면 이곳에서 더 머물러야 하기 때문에 그러기 전에 빠져나간 것이다.

이미 충분한 증인과 공신력 있는 자가 있으니 별 문제가 없을 것이란 마룡도제의 판단이었다.

"좋은 기회를 놓쳤군요."

"어쩔 수 없지. 설마 그런 자리에서 그런 일이 벌어질 것이라곤 누가 알았겠나."

허탈하게 웃으며 품 안의 선호의 얼굴을 쓰다듬는 마

룡도제.

확실히 이번 일은 누구도 예상치 못했던 것이었다.

설마하니 오제 중의 두 사람이나 있는 가운데 금분세수에 딴지 걸고 나설 사람이 있던 것도 의외였고, 그것이 그의 아들인 것도 의외였다.

제일 큰 문제는 아들에게 죽은 구양승이지만.

"이번 일로 인해 구양문의 위세가 크게 축소되겠지. 금분세수를 통해 이런 저런 방법을 쓰려고 했었던 것 같은데, 모든 것이 물거품 되어 버렸어. 현천검제에게 들으니 그렇지 않아도 구양문의 상황이 그리 좋은 편이 아니었다고 하니, 중소방파로 전락하지나 않으면 다행이겠지."

"무너지는 것은 순식간이로군요."

"어떤 대형문파라 하더라도 실력 있는 후계가 나오질 않는다면 어쩔 수 없는 일이지. 그런 의미에서 구파일방과 오대세가 그리고 천마신교의 저력은 무서운 것이지. 벌써 수백 년을 무림 최정상에서 군림하고 있으니까."

마룡도제의 말에 태현은 묵묵히 고개를 끄덕인다.

작은 실수 하나로도 쉽게 무너질 수 있는 것이 무림방파라고 가르침을 받긴 했었지만 이렇게 직접 경험을 하게 될 줄은 몰랐다.

"그보다 앞으로 어찌 하실 생각이십니까?"

"일단 자네 사부를 만나 이야기를 해봐야 하겠지. 좋은 소득이 있다면 다행이겠지만 그렇지 않다면 다시 선호를 고칠 방도를 찾아 중원을 떠돌아야 하겠지."

"힘든 일이로군요."

"아무리 힘들어도 선호를 고칠 수 있다면 괜찮다네."

아비의 정을 한 것 드러내는 그를 보며 태현은 쓰게 웃었다.

이젠 희미해졌지만 분명 자신에게도 아버지가 있었다.

그리고 항상 저런 모습을 자신에게 보여주셨던 분이다. 그날 모든 것이 불타오르기 전까지만 해도.

'한번… 가볼까?'

언젠가 가보게 될 것이라 생각하며 미루었던 일이지만 마룡도제의 모습을 보고 있자니 자신이 살았던 그 동네가 너무나 그리워졌다.

그리움은 점차 커져 여유가 있는 지금 한 번 가보자는 마음이 강해져 복귀하는 데로 준비를 하여 움직일 것을 결심했다.

그렇게 태현들이 항주로 복귀하는 동안 무림은 구양문 사건으로 인해 떠들썩한 상태였다.

문제는 떠들썩하지만 거기에 대한 알맹이가 없다는 것이 문제였다.

흉검의 제자가 구양승의 아들이었다는 것은 놀랄 일이
지만 결국 그 자신도 죽음으로서 흉검의 위치를 찾는 것
은 불가능한 일이 되어버렸다.

하지만 당시 그가 했던 말이나, 흉검의 독문병기인 파
양검을 소지하고 있었던 점을 들어 흉검이 죽었을 것이라
판단하는 사람들이 많았다.

이번 일의 중심이 되는 구양문은 그 세를 급격하게 잃
어가기 시작했는데, 그 모습이 안타까울 정도였다.

"천년화리의 내단이라… 오래전에 분명 큰돈을 주고
구입을 했었던 적이 있지만 이미 사용한지 오래지. 게다
가 그 이후로 천년화리의 내단이 발견 된 적도 없지. 당시
나 조차도 엄청난 돈을 들이고 나서야 조용히 구할 수 있
었던 것이니까."

황금충.

지금은 육좌라 불리는 그의 설명에 마룡도제의 얼굴에
실망감이 비친다.

말은 하지 않았지만 큰 기대를 했던 것이 틀림없다.

"양기를 가득 머금은 영물이나 영약에 대해 아시는 것
은 없습니까?"

마룡도제 역시 현 무림에서 대단한 위치에 있지만 그

의 앞에 앉아 있는 것은 황금충이라 불렸던 사내였다.

칠성좌의 일인이었던 그는 마룡도제라고 한들 쉽게 볼 수 없는 배분에 있는 것이다. 그렇기에 그의 모습은 한 없이 조심스러웠다.

"흠… 딱히 떠오르는 것이 없군."

"그렇…습니까."

"하지만 삼음절맥을 고칠 수 있는 사람이라면 알고 있지."

"예?!"

그 소리에 깜짝 놀라는 마룡도제!

영약의 위치보다 삼음절맥을 치료 할 수 있는 사람이 있다는 것이 그에겐 더 좋은 소식이었다.

거의 몇 년을 치료 할 수 있는 사람을 찾았던 그이지만 결국 삼음절맥에 손을 댈 수 있는 사람이 없었기에 포기 하고 있었던 것인데, 황금충 그가 알고 있다는 이야기에 크게 놀란 것이다.

두 눈이 보이지 않지만 그의 놀란 목소리와 일어서는 소리에 황금충은 웃으며 손짓으로 그를 자리에 앉힌다.

"확실히 그 인간이라면 삼음절맥 정도는 어렵지 않게 고칠 수 있을 것이네. 다만 문제가 있다면 성격이 괴팍하고 밖으로 자신이 드러나는 것을 극도로 싫어한다는 것이네."

"대체 그가 누구입니까?"

당장이라도 달려갈 것 같은 목소리로 묻는 마룡도제에게 그가 답했다.

"장헌이라는 사람이네. 알려져 있지 않으니 무림별호도 없지만 그를 아는 사람들은 신의(神醫)라 부르길 주저하지 않는다네."

✝✝

강소성에서 유명한 홍택호(洪澤湖)에서 북동쪽으로 향하면 련수(漣水)라 불리는 작은 도시가 나온다.

련수에서 다시 북쪽으로 며칠을 움직이면 호암산(虎巖山)이라 불리는 곳이 나오는데 그 이름처럼 호랑이와 돌이 많은 산이라 붙은 이름이었다.

산이라는 이름이 붙은 것과 달리 그곳은 산맥이라 불러도 부족함이 없을 정도였는데, 높진 않지만 좌우로 어마어마한 넓이의 산이라 평소엔 사람들이 들지 않는 곳이었다.

사냥꾼도 조심해야 하는 호랑이가 살고 있는데다, 돈이 되는 약초도 없다보니 사람의 발걸음이 뜸해지는 것이다.

구경거리도 없고 유명한 것도 없다보니 호암산에 오르는 사람은 일 년에 둘 셋 정도 될까 말까했다.

그마저도 목숨을 걸고 호랑이를 사냥하려는 자들이었는데, 그렇게 산을 오른 이들 중 살아서 돌아오는 숫자가 거의 없기에 더욱 꺼려하는 산이었다.

그런 호암산의 입구에 세 사람, 아니 네 사람이 섰다.

"찾는 것이 쉽지 않겠군요."

호암산의 산세를 살피며 태현이 말하자 마룡도제는 묵묵히 고개를 끄덕인다.

하지만 그 눈에는 반드시 찾아내고야 말겠다는 의지가 굳건하다.

이름에 암(巖)이 들어갈 정도로 호암산은 기형의 돌들이 수도 없이 많았는데, 그에 뒤지지 않을 정도로 수풀 역시 무성했다.

에둘러 산이라 부르고 있기는 하지만 어지간한 대도시보다 큰 규모의 산이기에 작정하고 숨어있고자 한다면 어렵지 않을 정도라 신의를 찾는 일이 결코 쉽지 않을 것임을 예고하고 있었다.

"시작하지."

마룡도제의 짧은 말과 함께 태현과 선휘가 좌우로 움

직이고 마룡도제 본인은 정면을 향해 달려 나간다.

휘휙! 휙!

빠른 속도로 주변을 살피며 움직이던 태현은 시간이
지날수록 혀를 찰 수밖에 없었다.

어떻게 된 산인 것인지 곳곳에 물줄기가 흐르거나 고
여 있을 뿐만 아니라, 곳곳에 자리를 잡은 암석들로 하여
숨어 있을 곳이 수도 없이 많았던 것이다.

사람이 살아가기 위해선 반드시 물을 필요로 하니, 식
수를 구할 수 있는 곳 인근에 있을 것이란 생각을 바꿔야
했다.

이렇게 물을 쉽게 구할 수 있다면 굳이 물가 인근에 살
지 않아도 된다는 소리니까.

"생각보다 더 길어 질 수도 있겠는데…."

얼굴을 찌푸리며 주변을 살피던 태현이 돌연 나무 위
로 몸을 피한다.

부시럭.

작은 소리와 함께 어슬렁거리며 모습을 드러내는 호랑
이 한 마리.

대호(大虎)라 부를 수 있을 정도로 큰 덩치를 가진 녀석
은 느긋한 걸음으로 개울을 향해 움직인다.

익숙하게 움직이는 녀석의 모습을 보며 태현은 이곳이 놈의 영역임을 깨달았다. 뿐만 아니라 종종 자신이 있는 방향을 바라보는 것이 자신의 존재에 대해서도 알고 있다는 것도.

'영리한 놈이로군.'

짐승의 후각은 인간과 비교 할 수 없을 정도로 예리하다.

특히 저놈 정도 되는 녀석이라면 이곳으로 오기 전부터 알고 있었을 것이다.

그럼에도 불구하고 개의치 않고 여유롭게 움직인다는 것은 자신에게 해를 끼치지 않을 것이란 사실을 눈치 챘기 때문이리라.

'이 영역의 주인은 자신이란 자신감인가?'

피식.

작게 웃은 태현이 몸을 날린다.

작은 기척이었지만 호랑이는 다시 한 번 태현이 사라지는 곳을 바라보다 다시 물을 마신다.

과연 호암산이라 불릴 정도로 이곳저곳에 호랑이들의 모습이 보이고 있었다.

대체 어떻게 놈들이 이렇게 모여서 살 수 있는 것인지 이해가 되지 않을 정도로 말이다.

보통 호랑이는 산 전체를 자신의 영역으로 두고 발정기를 제외하면 영역에 들어오는 것을 대단히 싫어한다.

그런데 아무리 호암산이 크고 넓다 하더라도 이해 할 수 없을 정도로 너무 많이 모여 살고 있었다.

'이상한데…?'

커다란 바위 위에 엉덩이를 걸터앉은 채 태현은 얼굴을 찌푸렸다.

아무리 생각해도 이해 할 수 없는 일이다.

결코 섞일 수 없는 놈들이 조화를 이루며 살아가고 있었다.

'이만한 숫자가 이곳에 살고 있으면 자연스럽게 먹이가 되는 초식동물의 숫자가 급격히 줄어들게 되지. 살기 위해서라도 서로 싸울 수밖에 없는데 그러질 않는다? 자연적으로는 있을 수 없는 일이라면…'

지금의 현상을 자연적인 것이 아니라 생각한다면 태현의 머릿속으로 몇몇 가설이 떠오른다.

그리고 곧 웃었다.

"장헌이라는 분 생각보다 더 대단한 사람일 지도 모르겠어."

팟!

빠른 속도로 이동을 시작하는 태현.

그의 눈이 곳곳에서 포착되는 호랑이들의 위치를 파악한다.

그 움직임의 반경이 점차 넓어지더니 얼마 지나지 않아 선휘와 마룡도제가 살피던 곳까지 꼼꼼하게 살핀다.

"호랑이의 숫자가 많기는 했지만 그게 문제라도 되는 것인가?"

태현이 멈춰 서자 그제야 마룡도제가 궁금증을 참지 못하고 물었다.

"놈들은 결코 작은 영역에 만족하는 놈들이 아닙니다. 보통이라면 이 산 전체를 영역에 두고서 움직이겠죠. 게다가 최상위의 포식자인 놈들이 이렇게 많다면 자연의 균형이 깨어지는 것은 당연한 일이지요."

"그런가? 그런데 그게 어쨌다는 것인가?"

고개를 갸웃거리면서 묻는 마룡도제.

평생을 무공만 익혀온 그에게 이런 이야기는 어려운 것이었다. 아니, 신경을 쓰지도 않았다는 것이 옳다.

옆에서 듣고만 있던 선휘 역시 고개를 끄덕이며 동의할 정도였으니까.

말보다는 보여주는 것이 낫겠다는 생각이 든 태현은 부러진 나뭇가지를 들어 바닥에 점을 찍기 시작했다.

툭, 툭.

점점 늘어만 가는 점들.

그 중에는 조금 큰 것들도 있었지만, 대부분은 작은 것들이었다.

그렇게 점차 늘어가는 점들을 보고 있던 마룡도제의 눈이 커지기 시작한다.

"녀석들의 위치를 한 번에 그리면 이렇게 되겠죠."

"놀랍군. 진법인가?"

진심으로 마룡도제는 놀라고 있었다.

호랑이들의 위치를 전부 그리고 보니 놀랍게도 호암산 전체를 둘러싼 거대한 진법이 완성되는 것이다.

게다가 조금 큰 점들이 큰 축이 되어 돌아가고 있었다.

"보통 진법(陳法)이라 함은 움직이지 않는 돌이나 나무 등으로 이루어지는 것이지만 이번의 경우는 진법이되 진법(陣法)이라고 봐야 하겠지요."

"하지만 야생의 동물을 진법을 펼치기 위해 이용한다는 것은 어디서도 들어보지 못한 일이네!"

"사실 저도 듣기는 했지만 실제로 본 것은 처음입니다. 설마하니 이것이 가능할 것이라곤 미처 생각지 못했었거든요."

쓰게 웃는 태현.

천기자 사부의 가르침 중에는 분명 이런 것이 있었다.

58

하지만 당시엔 불가능한 일이라 생각하여 깊게 생각지 않았는데, 이렇게 직접 보게 될 줄은 몰랐다.

"이런 일이 가능하게 만드는 것이 가능한 무공이 딱 한 가지 있습니다."

"무엇인가?"

"만수통령공(萬獸通靈功). 그것뿐입니다."

"아이고, 허리야. 내일은 비가 오려나?"

아파오는 허리를 두드리며 장헌은 맑은 하늘을 바라본다. 깔끔한 옷차림과 모습을 가지고 있지만 얼굴에 서린 고집은 한 눈에 봐도 알 수 있을 정도다.

그런 그가 이곳 호암산에 자리를 잡고 산지도 벌써 반 백년이었다.

젊은 시절 이곳에 자리를 잡은 이후 호암산을 떠나지 않았다. 일 년에 한 차례나 두 차례 정도 인근 도시에 나가 필요한 것들을 사오는 것을 제외하면 집 밖으로 나가지도 않는다.

그마저도 호암산에서 자급자족이 가능해지고 나선 아예 밖으로 나가지 않은 지도 벌써 십년이었다.

크릉.

낮은 울음소리와 함께 단번에 장헌을 집어 삼킬 수 있

을 것 같은 대호가 숲에서 모습을 드러낸다.

녀석은 작지 않은 사슴을 물고 있었는데, 익숙한 듯 집 한쪽에 내려놓은 뒤 장헌의 앞에 와선 애교를 부린다.

그 큰 머리를 장헌의 다리에 부비는 녀석.

"허허, 이놈이."

싫지 않은 듯 손으로 녀석의 턱 아래를 긁어주는 장헌.

크릉, 크르릉.

"음? 수상한 자들이라고?"

크릉.

"산 전체를 뒤지는 자들이라… 이거 오랜만에 손님이 찾아오려나?"

마치 녀석과 말이 통하는 듯 여유롭게 대화를 하는 그의 얼굴엔 웃음이 걸려 있었다.

"내버려 두어라. 이곳을 찾을 수 있다면 그것 역시 인 연이겠지. 쓸데없는 의도로 왔다면… 부탁하마."

크르릉!

맡겨 달라는 녀석의 얼굴에 장헌은 웃으며 녀석을 쓰 다듬는다.

"여기도 아닌가?"

혀를 차는 태현.

60

진법이라는 것을 알았으니 이젠 파훼하고 숨겨진 장소를 찾는 것만 남았는데, 그것이 결코 쉽지 않았다.

보통의 진법이라면 부수거나 하면 될 일이지만 이 진법의 축이 되는 것이 다른 것도 아닌 짐승이다.

그것도 자신들의 목표인 장헌이 부리는 것이 분명한 놈들로 말이다.

그렇지 않아도 황금충에게 그가 괴팍하다는 것을 들은 이후였기에 만약을 위해서라도 놈들에게 손을 댈 수 없었다.

"이제 남은 곳은 두 곳이로군."

마룡도제가 괜찮다는 듯 고개를 끄덕이며 말하자 태현이 몸을 돌리며 말했다.

"어쩌면 그곳도 아닐 수 있습니다."

"그래도 자네가 아니었다면 끝내 이것이 진법이라는 것도 몰랐을 것이네. 부끄럽지만 이런 진법이 있을 것이라곤 생각지도 못했었으니 말일세."

"일단 움직이지요. 두 곳만 둘러보고 적당한 곳에서 쉬는 것이 좋을 것 같습니다. 해도 저물어 가고 있으니까요."

"흠… 그러는 것이 좋겠군."

그렇지 않아도 점차 해가 기울어가고 있었다.

이대로라면 반시진 안에 어둠이 깔릴 것이다.

"가죠."

태현의 말과 함께 세 사람이 몸을 날린다.

한 번 더 허탕을 친 태현들이 마지막이라 생각한 장소에 도착하자 그제야 세 사람의 얼굴에 안도감이 서린다.

한 눈에 봐도 기이한 힘이 서려 있는 절벽.

태현들을 고생하게 만든 진법의 중심이자, 또 다른 진법이 펼쳐져 있는 곳이었다.

"찾았군."

만족스런 마룡도제의 목소리에 태현은 고개를 끄덕이면서도 재빨리 진법을 살폈다.

그때였다.

우웅―.

가벼운 떨림과 함께 눈앞의 절벽이 모습을 감추더니 곧 작지 않은 공간과 함께 작은 집 하나가 모습을 드러낸다.

집 옆으로 만들어진 텃밭엔 채소들이 싹을 틔우고 있고, 그 옆으로 물을 저장 할 수 있는 돌을 깎아 만든 수조가 자리를 잡고 있었다.

"오랜만의 손님이로군."

끼익.

방문이 열리며 천천히 모습을 드러내는 한 사람.

장헌이었다.

그가 턱에 난 짧은 수염을 매만지며 날카로운 눈으로 세 사람, 아니 마룡도제의 품에 안긴 선호까지 네 사람을 살핀다.

"이곳을 찾아내다니 제법이로구나. 하지만 내 존재에 대해 알고 있는 사람은 손에 꼽을 정도이니… 누구냐? 내 이야기를 한 놈은?"

거칠게 말하는 그에게 세 사람은 서로를 한 번씩 쳐다 보곤 곧 태현이 한 걸음 앞으로 나서며 말했다.

"사부님의 소개로 이곳을 찾게 되었습니다. 사부님께 선 황금충이란 별호로 불리셨었습니다."

"흥! 그 돈 귀신의 제자라니? 네놈의 몸에 서린 기운이 그것이 아님인데 어찌 그런 거짓을 고하는 것이냐?"

이미 알고 있다는 듯 냉한 목소리로 소리를 지르는 장 헌을 보며 태현은 조금 놀랐다.

신의라 불릴 정도의 실력을 가졌다는 것은 알고 있었 지만 설마하니 눈으로 보는 것만으로도 사람을 판단 할 수 있을 것이라 생각지 못했던 것이다.

하지만 곧 차분하게 고개를 숙이며 말을 이었다.

"정확하게 이야기하자면 제게 가르침을 주신 여섯 사부님들 중 한 분이십니다."

"흠. 아무래도 좋다. 어쨌거나 이곳을 찾은 이상 마지막 시험을 받을 기회를 얻은 것이나 마찬가지이니."

크르릉.

장헌의 말이 끝나기 무섭게 낮게 우는 소리와 함께 거대한 덩치의 대호들이 모습을 드러내기 시작한다.

태현 일행을 포위하며 모습을 드러낸 대호의 숫자는 정확히 스물넷.

대호라 부를 정도로 어마어마한 덩치를 가진 녀석들은 그 어떤 산에 데려다 놓는다 하더라도 금세 그곳의 왕이 될 수 있는 녀석들뿐이었다.

낮은 울음을 터트리면서도 일정한 거리 이상으로 접어들지 않는 놈들을 보고 있을 때 장헌이 소리쳤다.

"이십사호연진(二十四虎聯陣)이다. 이것을 파훼 할 수 있다면 네놈들을 집으로 들이도록 하마!"

커허헝!

대호들 중에서도 유난히 큰 놈의 울부짖음과 동시 대호들이 일제히 움직이기 시작한다.

"호랑이를 이용하는 진법이라니. 굉장하군."

진심으로 감탄하는 마룡도제의 곁으로 다가선 태현이

한숨을 내쉰다.

"녀석들을 다치게 하는 것은 그리 좋은 방법이 되지 못할 겁니다."

"흠… 그렇다면 난 도움이 되지 못하겠군. 눈치 챘겠지만 내가 힘으로 하는 것을 제외하면 그리 능통하지 못하거든."

태연스럽게 말하는 그를 보며 태현은 고개를 끄덕인다. 그때 조용히 상황을 지켜보고만 있던 선휘가 앞으로 나섰다.

"사형. 제가 먼저 해봐도 될까요?"

"좋아. 너라면 가능하겠지."

그녀의 물음에 태현은 흔쾌히 고개를 끄덕였다.

선휘의 실력이라면 충분히 이 진법을 파훼 할 수 있을 것이라 생각한 것이다. 뿐만 아니라 그녀에게 좋은 경험이 될 수 있을 것이고.

"준비가 되었다면… 시작하지!"

상황을 지켜보고 있던 장헌의 외침과 함께 일순 이십사호연진의 기세가 무섭게 변하더니 대호들의 움직임이 거칠어진다.

크허헝!

산악을 울리는 포효와 함께 일제히 달려드는 대호!

찰칵.

미세한 소리와 함께 부드럽게 검집을 벗어난 그녀의 검이 빛을 발한다.

번쩍!

떠더덩!

사방을 울리는 쩌렁한 소리와 함께 튕겨나는 대호!

하지만 정작 놀란 것은 검을 휘두른 선휘였다.

조금만 검을 느슨하게 잡았더라면 검을 놓칠 뻔했다. 지금도 연신 검을 타고 전해지는 강렬한 고통이 놈들이 보통이 아님을 알려주고 있었다.

'강철 같은 피부… 그냥 호랑이가 아니란 말이지?'

눈을 크게 뜨고 자신을 경계하는 대호들을 바라보던 그녀의 검이 빠르게 움직인다.

스팟!

따따당! 땅!

허공을 가르는 예리한 소리와 함께 울려 퍼지는 명쾌한 소리.

마치 짧게 종을 치는 것 같은 소리와 손으로 전달되는 둔탁함에 그녀는 내심 자신의 짐작이 맞았음을 깨닫고 쉬지 않고 검을 휘두른다.

그녀의 검은 예리하고 빨랐다.

66

진을 이루며 달려드는 대호들을 단숨에 베어낼 듯 그녀의 검은 허공에서 춤을 추었고, 그때마다 강렬한 소리와 함께 대호들이 물러선다.

크허허헝!

크아앙!

소리를 내지르며 달려드는 대호들.

진법 특유의 힘과 놈들의 빠르면서도 예측이 어려운 공격은 분명 위협적이었으나, 선휘의 실력은 놈들을 압도하고도 남음이 있었다.

누가 뭐래도 그녀는 백검(魄劍)의 제자이자 광휘검공(光輝劍功)의 진정한 계승자였다.

카카칵!

예리하게 파고든 그녀의 검을 대호가 물어 부수려 했지만 부드럽게 빠져나가는 백룡검!

보통의 검이었다면 단숨에 부러졌겠지만 그녀가 쥐고 있는 백룡검은 천하 어디에 내놓아도 빠지지 않는 보검.

제 아무리 특수한 훈련을 받은 대호라 하더라도 쉬이 부러트릴 순 없다.

선휘의 검이 어지럽지만 날카로운 검로를 통해 움직이며 대호들을 하나 둘 제압해 나가기 시작한다.

경험이 모자란 그녀이기에 빠르게 처리하진 못하고 있

었지만 분명한 것은 시간이 지날수록 움직임이 부드러워
지고 있다는 것이었다.

그것을 확인한 태현은 장헌을 바라본다.

아직 더 할 것이냐는 그의 눈빛에 장헌은 얼굴을 찡그
리더니 손을 휘젓는다.

파바밧!

기다렸다는 듯 뒤로 물러서는 대호들.

"흥! 제법 실력은 되는 모양이구나. 들어와라!"

말과 함께 방으로 들어 가버리는 장헌을 보며 세 사람
은 서로를 잠시 바라봤다가 곧 그의 뒤를 따른다.

최소한의 물품만 갖추어진 방.

손님 대접 따윈 없다는 듯 자신의 자리에 앉은 채 미동
도 하지 않는 그를 보며 세 사람은 조심스레 마주 앉는다.

"날 보고자 하는 것이 그 아이 때문이냐?"

어느새 마룡도제의 품에 안긴 선호를 본 장헌의 물음
에 마룡도제가 고개를 끄덕인다.

"제 아들입니다. 신의께서 제 아들의 병을 고칠 수 있
다고 하여 희망을 걸고 찾아왔습니다."

"신의? 쿵! 내가 의술을 조금 아는 것은 사실이지만 신
의라 불릴 정도는 아냐. 입 떨기 좋아하는 놈들이 그리 부

르긴 했지만."

휘적, 휘적.

손가락으로 귀를 파며 태연하게 받아치는 장헌.

그의 얼굴 표정을 보고 있노라면 선호에 대한 치료를 할 생각이 없어 보인다.

그리되자 다급해진 것은 마룡도제였다.

하나 밖에 없는 아들을 치료 할 수 있는 사람을 두고서 이대로 포기 한다는 것은 있을 수 없는 일인 것이다.

"제발! 제발 도와주십시오. 제 목숨과도 같은 아이입니다!"

"그건 내 알바 아니고. 그보다 네놈 황금충이 사부라 했냐?"

"그렇습니다."

"그 돼지는 잘 있느냐?"

"사부님께선 두 다리와 두 눈을 잃으셨지만 그것을 제외한다면 건강히 계십니다."

"……"

태현의 말에 얼굴을 굳히는 장헌.

장헌의 많지 않은 지인들 중 한 사람이 바로 황금충이었다. 사람을 지극히 싫어하는 그가 지인이라 할 정도라면 그 친밀함은 말 할 수 없을 정도다.

아무리 오랜 시간 외부와의 연락을 끊었다곤 하지만 설마하니 두 다리와 눈을 잃었을 것이라곤 상상조차 못했다.

"그 돼지 놈이… 나를 찾을 것이지!"

뒤늦게 화를 내는 그를 보며 태현은 미리 사부에게 들은 바가 있기에 그의 말을 전했다.

"사부님께서 말씀하시길 공부를 깨고 싶지 않다 하셨습니다. 게다가 상황을 깨달았을 때는 이미 늦었다 하셨습니다."

"병…으로 잃은 것이냐?"

"눈은 그리하다 들었습니다."

얼굴을 구기는 장헌.

말없이 그렇게 있던 장헌의 시선이 마롱도제에게 향한다.

"내려놔봐."

"가, 감사합니다!"

재빨리 품에서 선호를 내려놓는 마롱도제.

"흠…."

선호의 맥을 짚어보고 몸 이곳저곳을 누르고 만져보던 장헌이 입을 연다.

"삼음절맥이로군."

"마, 맞습니다!"

"쯧. 위험한 상태로군."

"예, 예?"

"하루 대부분의 시간을 잠으로 보내고, 먹을 것도 제대로 먹질 못하지? 물을 삼키는 것도 어려웠을 것이야."

정확히 짚어내는 그의 말에 마룡도제는 정신없이 고개를 끄덕인다.

"삼음절맥은 본래 다른 절맥에 비해 치료하기 쉽지만 그것은 어디까지나 여자들에게 해당되는 이야기. 본래 양기가 넘쳐야 할 남자의 몸에 음기가 득실거리는 삼음절맥이 걸린 것 자체가 정상적인 일은 아닌 셈이지."

"유명한 의원들 역시 어르신과 같은 이야기를 했습니다."

"그렇겠지. 조금만 손을 잘못 쓰게 된다면 당장 죽게 될 테니까."

말과 함께 자리에서 일어난 그는 벽에 걸린 가죽 주머니를 가져오더니 곧 펼친다.

깨끗한 가죽 주머니가 펼쳐지자 그 안에는 가지런히 정리되어 있는 은침들이 가득 자리를 잡고 있었다.

"네놈은 나가서 화롯불을 좀 피워 오거라. 화로는 부엌에 가면 있으니."

당연히 네가 해야 할 일이라는 듯 태현에게 이야기하는 장헌.

하지만 태현은 군말 없이 움직인다.

잠시 뒤 은은한 숯이 가득 들어 있는 화롯불이 들어오자 장헌은 침을 꺼내 불에 달군다.

"침을 사용하기 전에 불에 달구거나 특수한 약품으로 처리하지 않는다면 환자에게 또 다른 병이 생길 수 있다. 사소한 것조차 신경 쓰고 또 신경 써야 하는 것이 의원이지. 그리고 난 그것이 귀찮아 사람을 보지 않는 것이다."

툭, 툭.

귀찮다고 말을 하면서도 빠른 손놀림으로 선호의 몸에 침을 놓아가는 그.

때론 강하게, 때론 약하게.

완벽하게 침을 자신의 통제 하에 두고 움직이는 그 모습은 신기에 가깝다.

마지막으로 장침을 꺼낸 그가 조심스레 선호의 백회혈에 침을 놓는 것으로 마무리가 된 것인지 장헌이 편안한 자세로 앉는다.

그러고 보니 그의 얼굴에 땀이 흥건한 것이 심력을 제법 낭비한 것이 분명했다.

"후… 오랜만에 하려니 꽤 힘들군. 일단 임시처방은 했

72

으니 당장 발작이 일어나거나 하진 않을 것이다."

"감사합니다!"

"네놈의 귀는 제대로 안 달려 있는 것이냐? 어디까지나 임시처방일 뿐이다. 언제 터질지 모르는 시한폭탄과도 같은 몸인 것이다, 이 아이는."

"그, 그럼 어떻게 해야 합니까? 제가 할 수 있는 것이라면 그것이 무엇이든 하겠습니다! 제발, 제발 이 아이를 살려 주십시오!"

어느새 무릎을 꿇고 허리를 숙이는 마룡도제.

하지만 그 모습엔 관심 없다는 듯 냉정하게 시선을 돌린 장헌은 태현에게 물었다.

"네놈. 사부가 여섯이라고 했나?"

"그렇습니다."

"…칠성좌냐?"

"그렇습니다. 한 사람을 뺀다면 말입니다."

"흠… 그것까진 내가 관여할 바가 아니겠지. 어쨌거나 명심해라. 앞으로 네가 무림에서 어떤 일을 하든 상관없지만 두 번 다시 이곳으로 오는 일은 없어야 할 것이다. 무림이 싫고, 사람이 싫어 이곳에 틀어박힌 나다. 아무리 네놈 사부와 인연이 있다고 하지만 난 개의치 않을 것이다."

"명심하도록 하겠습니다."

정중히 고개를 숙이며 답하는 태현.

태현 역시 이곳을 다시 찾을 생각은 없었다.

세상을 등지고 살아가는 사람을 자신의 사정에 의해 끌어들인 다는 것이 내키지 않는 것이다.

게다가 이미 황금충 사부로부터 충분한 이야기를 전달 받은 뒤였기에 더욱 그러했다.

"그 말이 거짓이 아니길 바란다. 그리고 넌 정말 이 아이를 구하고 싶으냐?"

"물론입니다."

죽으라면 죽겠다는 듯 강렬한 눈으로 자신을 바라보는 마룡도제를 보며 장헌은 긴 한숨을 내쉰다.

"일찍 왔다면 모를까, 지금 상황에서 완치까지는 최소 1년은 넘게 걸릴 것이다. 그동안 네놈이 내 손발이 되어 움직여야 할 것이야. 각오는 되었느냐?"

"무엇이든 하겠습니다!"

선호를 살릴 수만 있다면 무엇이든 할 준비가 되어 있는 그였기에 한 치의 망설임도 없이 대답한다.

그에 고개를 끄덕이며 장헌은 태현과 선휘에게 축객령을 내렸다.

"볼일 끝났으면 가라. 귀찮은 것은 딱 질색이니."

"그리하겠습니다. 건강하십시오."

끝까지 정중히 고개를 숙이는 태현을 보던 장헌은 혀를 찼다.

"한 번이다."

"예?"

"한 번은 도움을 주겠다는 소리다! 볼일 다 봤으니 꺼져라!"

그의 소란에 밖으로 쫓겨나면서도 태현은 웃지 않을 수 없었다.

대체 왜 생각을 바꾼 것인지 모르겠지만 적어도 한 번은 도움을 준다고 했다.

써먹을 일이 있을지 모르겠지만 만약의 경우 그보다 든든한 이야기가 없을 터다. 누가 뭐래도 신의라 불리는 실력을 가지고 있으니까.

"돌아가자."

"네, 사형."

第3章.

亂翁武林 난검두림

第 3 章.

"허유비이이이!"

우르르릉!

얇고도 강한 목소리가 진양표국을 아침부터 휩쓸고 지나가자 일을 하던 사람들이 깜짝 놀랐지만 금세 그러려니 하는 얼굴로 묵묵히 자신의 일을 한다.

한번 무너졌던 진양표국은 태현들의 합류와 함께 파죽지세와 같이 무섭게 성장을 하고 있었다.

특히 이곳에서도 잘 알려진 일검이도가 합류한 것은 많은 이들에게 큰 영향을 주었고, 몇몇 지인들을 끌어들이며 강력한 표두와 표사 진을 구성할 수 있었다.

표물을 지킬 든든한 무인들이 구성되자 그렇지 않아도 진양표국의 움직임을 살피던 상인들이 물밀 듯 밀려들었다.

본래 진양표국주인 허무선의 발이 넓고, 많은 이들에게 인정을 받고 있었기에 표국이 정상화되자 다시 일을 맡기는 것이다.

덕분에 표국주 허무선은 하루 한 시진을 자는 것도 어려울 정도로 일에 매달리고 있었다.

보통이라면 쓰러져도 쓰러졌겠지만 허무선은 즐거이 일을 처리하고 있었다.

대를 이어온 진양표국이 다시 일어섰다는 사실 하나만으로도 모든 것을 감수 할 수 있었던 것이다.

그런 그를 내조하는 부인 이예선의 일 역시 자연스럽게 많아졌다.

가문의 대소사를 처리하고 표국에 든 손님들 중 일부까지 직접 만나며 남편의 짐을 들어주려 한 것이다.

그런 그녀가 아침부터 비명 아닌 비명을 내지르는 이유는 단 하나.

하나 밖에 없는 딸 때문이었다.

부들부들!

손에 들린 장부 하나에 온 몸을 떨고 있는 그녀.

장부에 기재되어 있는 것은 딸인 허유비가 지난 며칠 간 쓰고 다닌 돈에 대한 기록이 되어 있었다.

문제는 그 내역이 아니라 가장 마지막 줄에 써진 돈의 액수였다.

"사, 삼백. 삼백 냐아아앙?!"

뒷골이 뻐근하게 당겨오는 기분.

겨우 며칠 사이에 사용한 돈이 무려 은 삼백 냥이다.

아무리 진양표국이 다시 되살아나고 있다곤 하지만 삼백 냥은 분명 큰돈이었다.

그런 큰돈을 자신의 허락도 없이 사용했다는 사실이 도저히 믿기지 않는 그녀였다.

"내 이년을 당장!"

정신을 차린 그녀가 재빨리 달려 딸의 방에 도착했을 땐 이미 방에 아무도 없는 상태였다.

"이이…! 네 이년 돌아오면 살아남지 못할 것이야아 아!"

그녀의 비명과도 같은 목소리가 쩌렁쩌렁하게 항주 하 늘을 울린다.

"쳇! 엄마는 또 내역도 제대로 보지 않고 소리부터 지 르고 그래!"

입술을 삐죽 내민 허유비.

챙이 넓은 모자와 면사로 얼굴을 이중으로 가린 그녀의 발걸음이 항주의 중심지로 향한다.

자신의 외모가 뛰어나다는 사실을 어린 시절부터 알고 있던 그녀이기에 외출할 때는 반드시 면사를 착용해야 함을 알고 있었다.

얼굴 때문에 벌어진 사고도 작지 않았기 때문이다.

그렇게 그녀가 한참을 걸어 도착한 곳은 해원서점이었다.

해원서점은 이곳 항주에서 가장 크고 오래된 서점으로 수많은 사람들이 찾는 곳이었다.

건물의 높이만 오층에 크기는 진양표국에 뒤지지 않을 정도로 거대한 규모를 자랑한다.

중원 전역에서도 손에 꼽을 규모로 유명한 곳이니 어쩌면 당연한 일인지도 모른다.

"오셨습니까."

익숙한 듯 안으로 들어서자 고개를 숙이며 점원이 인사한다. 꾸준히 드나들었던 그녀를 알아본 것이다.

"그때 부탁한 물건은요?"

"그렇지 않아도 막 도착한 참입니다. 보시겠습니까?"

"부탁해요."

"이쪽으로."

점원이 안내한 곳은 혼자 편하게 책을 읽을 수 있는 독방이었는데, 잠시 기다리자 그가 조심스레 보자기에 싼 책을 들고 왔다.

"이것입니다. 그럼."

고개를 숙이고 사라지는 점원을 뒤로 하고 보자기를 풀어보는 허유비.

"와, 드디어!"

보자기에서 모습을 드러낸 책은 모두 세 권.

하나 같이 오래된 고서였는데 표지에 적힌 글이 겨우 보일 정도였다.

"흥! 이걸 삼백 냥에 구하다니… 그것도 모르고 엄마는! 두고 보라지! 분명 놀라게 될 테니까."

싱글벙글 웃으며 빠르게 책을 살핀 그녀는 구하던 책의 진본이 맞음을 확인하고는 다시 보자기에 조심스레 책을 싸곤 밖으로 나온다.

그렇게 그녀가 향한 곳은 진양표국이었다.

조심스레 안으로 들어간 그녀가 주변을 둘러보더니 곧 찾던 사람이 보이자 재빨리 다가선다.

"아저씨!"

"아가씨! 여긴 어쩐 일이십니까? 지금 마님께서 찾으

시고 있습니다."

"알고 있어요. 그보다 이걸 좀 보내고 싶어요. 다른 사람들 몰래요."

유비가 잡고 선 사람은 진양표국의 총관이었다.

어린 시절부터 유비를 보아온 사람으로 표국이 망하자 그를 탐하는 수많은 곳이 있었지만 어디에도 가질 않았고, 다시 표국이 일어서자 허무선이 가장 먼저 찾은 사람이기도 했다.

그만큼 그는 믿을 수 있는 사람이었다.

다만 유비가 그를 찾은 것은 믿을 수 있기 때문이기도 했지만 자신의 부탁을 절대 거절하지 않는다는 이유 때문이기도 했다.

"허… 이거 참. 아가씨의 부탁이라면 또 어쩔 수 없지요."

한숨을 내쉬며 부탁을 받아들이는 양 총관.

"헤헤, 고마워요. 이걸 괜찮은 상자에 넣어서 소흥왕부(紹興王府)에 보내 주세요."

"소흥왕부에요?"

깜짝 놀라 되묻는 양 총관에게 그녀는 배시시 웃으며 답했다.

"절 믿고 보내주세요. 큰 문제는 없을 거예요. 오히려

84

표국에 큰 도움이 될 테니까요."

"…알겠습니다. 아가씨를 믿어보지요."

결국 그녀의 부탁을 승낙하는 양 총관.

그러면서도 받아드는 보자기의 무게에 한 숨을 내쉰다.

다른 곳도 아닌 소흥왕부다.

중원에 있는 여덟 왕부들 중 가장 강력한 힘을 가졌다 알려진 소흥왕부이니 만큼 자칫 실수라도 했다간 진양표국 전체가 사라질 수 있는 일이다.

그럼에도 불구하고 그녀의 부탁을 받아들인 것은 허유비의 총명함을 믿기 때문이었다.

게으른 점이 없는 것은 아니지만 한 번 움직이면 반드시 성과를 올리고 마는 모습을 이제까지 지켜본 양 총관이기에 그녀의 부탁을 받아 들일 수 있었다.

허유비 역시 그것을 알기에 그에게 부탁을 한 것이고.

막 보자기를 넘겼을 때였다.

"네 이녀어어언!"

찢어지는 소리와 함께 달려오는 이예선을 발견한 허유비의 얼굴이 창백해지더니 곧장 반대편으로 달려간다.

"거기 섯!"

"싫어어어!"

모녀의 외침에 진양표국을 뒤흔들지만 익숙한 듯 자신의 일만 하는 사람들.

오히려 이런 소란이야말로 표국이 건제함을 알리는 것이라 생각하는 사람도 있었다.

"너! 그 손 내렸다간 그냥 두지 않을 거야!"

엄마 이예선의 날카로운 소리에 허유비는 입술을 삐죽이면서도 말없이 무릎을 꿇은 채 양손을 위로 치켜든다.

일단 화가 난 이예선은 누구도 말릴 수 없다는 것을 잘 알고 있기 때문이다.

이럴 때 그녀가 할 수 있는 것은 조용히 있는 것뿐이었다.

자리에 앉아 서류를 처리하면서도 한 번씩 화가 나는 것인지 유비에게 날카로운 시선을 날리는 이예선.

그 모습에 팔이 떨어져 나갈 것 같은 고통을 느끼면서도 유비는 팔을 내릴 수 없었다. 팔을 내렸다간 어떤 다른 벌이 자신을 기다리고 있을 것인지 알 수 없었으니까.

무려 한 시진을 그렇게 벌을 받고 나서야 유비는 겨우 겨우 자신의 방으로 갈 수 있었다.

  2

그나마도 소식을 들은 허무선이 방을 찾았기 때문이었다.

"부인, 그만 화를 푸시구려. 유비가 좀 게으르긴 하지만 일단 움직일 때는 생각 없이 움직이는 아이가 아니지 않소."

"그렇다 하더라도 이번에 사용한 돈이 너무 커요. 표국이 이제 다시 자리를 잡아가는 과정에서 언제 어떻게 돈이 들어갈지 모르는데…."

"돈이야 다시 벌면 되는 것이지만 유비는 하나 밖에 없는 딸이지 않소. 그만하시구려."

"하나 밖에 없기 때문에 더 그러는 거예요."

긴 한숨을 내쉬는 그녀를 보며 허무선은 더 이상 입을 열 수 없었다.

그녀가 걱정하는 것이 무엇인지 알기 때문이다.

하지만 허무선은 딸 허유비를 믿고 있었다.

그동안 표국 일을 하는 도중 알게 모르게 딸의 도움을 받은 경우도 제법 많았고, 그녀가 움직일 때마다 무엇인가를 해내고야 말기 때문이었다.

이미 양 총관에게서 보고를 들은 이후였기에 유비가 노리는 것이 무엇인지 그조차도 궁금해 할 지경이었다.

쾅!

"뭐라?!"

책상을 내려치며 자리에서 벌떡 일어서는 큰 덩치의
사내.

팔황표국주 황태경의 얼굴에 분노가 서린다.

"다시 말해봐. 뭐라고?"

"그, 그것이…."

"제대로 대답해!"

쾅!

말을 더듬는 수하의 옆으로 스쳐지나가는 벼루!

벽에 부딪쳐 산산이 부서지는 벼루에 놀라 창백해진
수하가 재빨리 입을 연다.

"소흥왕부에서 거래처를 진양표국으로 바꾼다는 공문
이 내려왔습니다."

"이유는?"

"그, 그것이… 왕야께서 찾으시던 책을 선, 선물로 하
였다고 합니다."

"…크아아아!"

와장창!

괴성과 함께 책상 위의 모든 것을 집어 던지고 부수는
황태경.

그를 피해 재빨리 방을 벗어나는 수하.

그것을 아는 것인지 모르는 것인지 황태경은 무려 한
시진을 더 소란을 떨고 나서야 자리에 앉았다.

씩, 씩.

거친 숨을 내쉬는 그.

왕부에서 사용하는 물건은 어마어마하다.

뿐만 아니라 왕부에서 내보내는 물건도 엄청난데, 그
런 거래를 그동안 팔황표국에서 담당해 왔었다.

거기에서 발생하는 이문은 어마어마한 것이지만, 그보
다 더 중요한 것은 왕부의 표물을 책임진다는 사실이었
다.

그 사실 하나 만으로 물건을 맡기는 이들에게서 얻어
지는 이문은 왕부에서 얻을 수 있는 것보다 훨씬 더 많은
것이다.

팔황표국이 어마어마한 규모를 지닐 수 있었던 것도
바로 소흥왕부와의 거래가 있기 때문이었다.

"감히 이놈이…!"

살기를 번뜩이는 그.

마룡도제가 그들과 합류하는 바람에 섣불리 일을 도모

할 수 없어 그동안 지켜만 보고 있었는데, 결국 그것이 큰 일을 불러왔다.

으득!

"어떻게 한다… 어떻게…."

끊임없이 머리를 굴리는 황태경.

"밖에 누가 있느냐?"

"예, 국주님."

문 밖에서 즉시 들려오는 대답에 그는 명을 내린다.

"지금 즉시 진양표국의 상황을 살펴라. 사소한 것 하나까지 보고를 올려야 할 것이다. 또한 천라표국주에게 내가 좀 보자고 일러라."

"알겠습니다."

탁탁탁.

문 밖의 수하가 달려가는 소리가 들리자 그제야 편안히 의자에 몸을 기대는 황태경의 얼굴에 미소가 서린다.

살기 가득한 미소가.

"날 보자고 하다니, 무슨 일이지?"

"흠… 일단 앉지."

천라표국주 강양석이 들어서며 묻자 황태경은 우선 그에게 자리를 권했다.

오직 두 사람을 위해 마련된 방.

이곳에서 오가는 이야기는 누구도 들을 수 없고, 허락이 있기 전에는 방에 들어설 수도 없었다.

특수하게 만들어진 방이기에 두 사람의 이야기에는 거침이 없다.

"아직 소식을 듣지 못했나 보군."

"소홍왕부의 이야기라면 이곳에 오기 직전에 들었지."

웃으며 대꾸하는 강양석.

그 모습에 황태경의 얼굴이 일그러지지만 금세 안색을 회복하며 그의 빈 잔에 술을 따른다.

조르륵.

"소홍왕부의 일이 놈에게 돌아가면 우리 팔황표국은 적지 않은 타격을 입겠지."

"지금에 와서 소홍왕부의 일은 팔황표국에겐 딱히 돈이 되는 일이 되지도 않을 텐데?"

"…다 알면서 물어볼 것은 또 무언가?"

황태경의 말에 강양석은 피식 웃으며 술을 단숨에 들이킨다.

그것을 확인한 황태경 역시 술을 단숨에 들이키곤 말을 이었다.

"강 건너 불구경하고 있을 때가 아니네, 자네도. 소홍왕부가 본격적으로 놈을 밀어주기 시작하면 자네가 가진 이권과 부딪치지 말라는 법은 없지. 우리야 서로 암묵적으로 간섭하지 않는 것이 있지만, 놈은 그렇지 않으니까."

"시간이 지날수록 천라표국의 강력한 적이 될 것이라 생각하는 것인가?"

"그럼 아니라고 생각하나?"

황태경의 직설적인 물음에 강양석은 피식 웃으며 황태경의 빈 잔에 술을 따르며 말했다.

"그렇게 생각하지 않았다면 이 자리에 나오지도 않았겠지. 기왕 적을 두어야 한다면 손발을 맞출 수 있는 쪽을 택하는 것이 현명한 선택이니까."

"그런 부분에선 마음에 드는 군."

"그렇지 않았다면 우리가 얼굴이나 볼 일이 있었을까?"

마주보며 웃는 두 사람.

그렇게 술이 몇 순배 돌자 황태경이 먼저 본격적인 이야기를 꺼내 놓았다.

"이대로 놈을 둘 순 없네."

"일검이도 놈들은 둘 치고, 마룡도제는 무시 할 수 없어. 괜히 무림 오제의 일인이 아니지 않는가."

"그 마룡도제가 자리를 비웠다고 하더군. 게다가 그 정체를 알 수 없는 놈들도 말이야."

"호?"

흥미가 보이는 듯 자세를 바로 잡는 강양석에서 황태경은 비릿한 미소를 보이며 말을 이었다.

"벌써 며칠 되었다고 하더군. 일을 벌이기엔 지금보다 적기가 없겠지. 게다가 소흥왕부와의 계약을 체결하기 위해 며칠 안으로 소흥으로 움직이게 될 것이고."

"일검이도를 비롯한 다른 표두들은 일감을 몰아주면 자연스럽게 놈과 함께 할 수 없겠군."

"벌써 조치를 취해 두었지. 잘해봐야 표사와 함께 움직일 수 있는 수준 밖에 되지 않을 것이야."

이미 진양표국의 사정을 알고 있는 황태경이기에 이 자리에 오기 전에 계획을 세우고 지시를 한 이후였다.

만약 강양석이 자신의 의견을 받아들이지 않는다 하더라도 혼자서 일을 진행할 생각이었던 것이다.

"그래서 어떻게 할 생각이지? 나중을 위해서라도 흔적을 최대한 남기지 않아야 할 텐데?"

"그런 분야에서 중원 최고가 있지 않은가."

"…그렇군."

순간 얼굴이 굳었다가 다시 펴지는 강양석.

"간단한 의뢰라도 어마어마한 금액을 필요로 한다는 것은 알고 있겠지? 이전의 일들과는 차원이 다른 일이야."

"훗날을 위해선 꼭 필요한 지출이지. 필요할 때 사용하기 위해 마련한 뒷돈이 아니던가."

황태경의 자신만만한 말투에 결국 강양석도 고개를 끄덕이며 동의하지 않을 수 없었다.

이제와 빠지는 것도 체면을 구기는 일인 것이다.

"접촉할 방법은? 매번 방법이 바뀌기 때문에 접촉하는 것조차 쉽지 않은 것으로 알고 있는데?"

"후후, 그걸 알아내는데도 제법 많은 돈이 들어갔지만 결국 알아냈지. 나머지는 내가 알아서 하지."

"그들이라면 확실하지. 얼마가 들든 그 반은 내가 대지."

일단 마음을 먹은 강양석은 단호한 말투로 이야기했고 그에 황태경 역시 만족스런 얼굴로 고개를 끄덕였다.

항주에서 제법 먼 곳에 자리를 잡은 작은 마을 하나.

그 마을에서도 외곽으로 한참을 움직이면 버려진 착량묘 하나가 모습을 보인다.

당장이라도 무너져도 이상할 것이 없는 그 착량묘에

황태경이 홀로 모습을 드러낸다.

"흠…."

긴장한 얼굴로 안으로 들어서는 그.

오랜 시간 사람의 발길이 없었던 것인지 수북이 쌓인
먼지와 곳곳에 자리를 잡은 거미들이 그를 반긴다.

진짜 이곳이 그가 찾는 장소였던 것인지 의심스러울
정도다.

하지만 그는 개의치 않고 안으로 움직이더니 제단 앞
에서 멈춰서 선 품에서 향초를 꺼내 불을 피운다.

정확히 아홉 개의 향초.

묵묵히 자리에 서서 초가 다 타들어갈 때까지 기다린
황태경은 향초가 완전히 사라지자 이번엔 세 개의 향초를
꺼낸 뒤 반으로 부러트려 불을 피운다.

그러길 잠시.

– 목표는?

갑작스레 들려오는 목소리에 움찔하는 황태경.

허나, 침착하게 입을 연다.

"진양표국주요."

말이 끝나고 잠시 뒤 다시 들려오는 목소리.

– 금 백 냥.

꿀꺽.

엄청난 금액에 절로 침이 삼켜지지만 황태경은 주저 없이 고개를 끄덕인다.

이들은 절대 전표를 받지 않는다는 사실을 알기에 미리 현금을 챙겨온 그이기에 품에서 주머니를 꺼내 올려놓는다.

얼마나 들지 모르는 일이기에 강양석과 의논해 금 백 냥을 마련해 온 것인데 귀신같이도 그것을 맞춘 사실에 놀라면서도 조금도 아깝게 생각지 않았다.

모습도 보이질 않지만 오히려 그것이 그들에 대한 믿음을 주게 만들고 있었다.

－ 삼일.

"알겠소."

시간을 약속 받자 황태경은 주저 없이 발길을 돌려 착량묘를 벗어난다.

앞으로 정확히 삼일 뒤 진양표국주 허무선은 죽임을 당하게 될 것이다. 누구도 알 수 없는 방식으로 말이다.

"후… 이제야 한 시름 놓겠군."

긴 한숨을 내쉬며 그가 항주로 돌아가고 있을 때 착량묘 안에선 한 사내가 모습을 드러내고 있었다.

찰그랑.

돈이 든 주머니를 열어보지도 않고 품에 넣는 사내.

"오랜만에 재미있는 의뢰로군. 마룡도제의 위치는?"

– 아직 찾아내지 못했습니다. 하지만 근 시일 안에 돌아올 것 같진 않습니다.

"생각보다 싱거운 살행(殺行)이 될 수도 있겠군. 하지만 마룡도제와 소흥왕부의 눈을 동시에 피해야 하니 최선을 다해야 할 것이다."

– 명!

사내의 말에 기다렸다는 듯 대답하는 자들.

대체 몇이나 이곳에 숨어있는 것인지 알 수 없지만 확실한 것은 그들이 중원 제일의 살수들이란 사실이었다.

중원 제일의 살수집단 살막(殺幕).

그들이 움직이려 하고 있었다.

"이곳은 치워버려."

– 명.

살막은 결코 한 자리에서 의뢰를 받아들이지 않는다.

끊임없이 자리를 옮기고, 접선 방식 역시 바꾸어간다.

그렇기에 그들과의 접선이 어려운 것이다. 하지만 일단 접선 할 수만 있다면 실패하지 않는 자들이 바로 그들이었다.

살막과 접선할 방법을 가르쳐 주는 것 역시 살막의 사람이다.

접촉하는 방법을 팜으로서 돈을 벌도 의뢰를 통해 다시 돈을 번다.

당연히 그 대상 역시 살막에서 선정하고 은밀히 접촉한다.

그것이 살막의 방식이었고, 오랜 시간 살막이 무수히 많은 은원관계를 쌓고서도 무사 할 수 있던 생존방식이었다.

第4章.

亂劍武姬 난검두림

第 4 章.

태현과 선휘가 진양표국에 당도했을 때 허무선은 딸 허유비와 함께 소흥으로 향한 뒤였다.

"표사도 아니고 호위낭인을 고용해서 갔다고 했습니까?"

"예. 갑작스레 일이 밀려드는 바람에⋯."

"흠⋯."

양 총관의 말에 태현은 얼굴을 찌푸린다.

표국이 바빠지는 것은 좋은 일이지만, 외부 인력으로 호위를 구성해 표국주가 움직였다는 것이 내키지 않았던 것이다.

"넌 쉬고 있어. 아무래도 다녀와야 할 것 같으니까."

고민 끝에 표국주에게 움직이기로 결정을 내린 태현이 말하자 선휘가 함께 가겠다고 했지만 거절하고 홀로 움직였다.

이틀 전에 떠났다고는 하지만 일행이 있으니 움직임이 그리 빠를 리 없었기에 길이 엇갈리지만 않는다면 하루면 어렵지 않게 따라 잡을 수 있을 것이었다.

다각, 다각-.

마차를 중심으로 말을 탄 호위낭인들이 철저히 주변을 경계하며 제법 빠른 속도로 움직인다.

이들보다 앞서 움직여 위험한 상황이 없는 지 수시로 살피고 있는 중이었기에, 조금만 수상한 기척이 보여도 우회해서 움직였다.

덕분에 간간히 우회를 하면서도 빠른 속도로 소흥을 향해 움직일 수 있었다.

"흥! 엄마는 내가 얼마나 고생했는지도 모르고."

흔들리는 마차 안에서 입술을 삐죽이며 연신 엄마인 이예선에 대한 반항을 거듭하고 있는 허유비.

본인 앞에서라면 입도 뻥긋하지 못하겠지만 지금 이 자리엔 그녀가 없으니 마음 것 떠드는 중이었다. 그것도 아빠인 허무선의 앞에서 말이다.

"허허허."

그저 웃으며 딴청을 피우는 허무선.

이럴 때 한쪽 편을 들었다간 나중에라도 큰 후환으로 돌아온다는 사실을 그동안의 경험을 통해 잘 알고 있는 그다.

그것이 설령 자리에 없다 하더라도 말이다.

"흥, 흥!"

"허허, 그쯤 하려무나. 네 덕분에 상단이 더 커질 수 있는 발판이 마련된 것도 사실이고, 돌아가면 네 엄마도 널 칭찬할 것이다. 네 엄마가 그래도 상벌은 확실하지 않느냐."

"뭐… 그렇죠."

고개를 끄덕이며 인정한 그녀는 그제야 창밖으로 시선을 돌린다.

"후….."

그제야 한숨을 내쉬는 허무선.

출발하고 이틀만에야 겨우 마음을 푼 딸의 모습 위로 부인의 모습이 겹쳐보였지만 결코 그 사실을 말할 자신이 없었다.

그렇게 무탈하게 보였던 일행의 움직임이 달라진 것은

그날 저녁 무렵이었다.

피핑!

픽!

"저, 적이다!"

"막아라!"

갑작스레 날아든 암기와 함께 쓰러지는 동료를 뒤로하고 재빠르게 마차 주변으로 모여드는 호위낭인들!

긴장한 표정이 역력한 그들이지만 호위낭인으로서 오래 살아온 그들의 손에는 어느새 각자의 무기가 쥐어져 있었다.

스물에 달하는 호위낭인들이 마차를 완벽하게 감싸며 보호하고 있는 모습은 겉으로 보기엔 대단해 보이지만 그 실상은 그리 대단치 않았다.

그 증거로.

피핑! 핑-!

또 다시 날아드는 암기를 막아내는 자들이 없었다.

"킥!"

"달려라! 무조건 피해야 한다!"

이들을 통솔하던 대장의 빠른 판단이 이들의 목숨을 살렸다.

명령이 떨어지기 무섭게 일제히 달리기 시작하는 그

들!

빠르게 달리는 말과 마차가 무서운 소리를 일으키며
달려간다.

"시작한다."

멀리서 그 모습을 지켜보고 있던 복면을 쓴 흑의인의
말에 일제히 움직이기 시작하는 흑의인들.

살막이었다.

살막의 암살자들은 교묘하게 허무선 일행을 사람들의
시선이 닿지 않는 곳으로 이끌었다.

최대한 사람들의 주목을 받지 않는 상태에서 일을 해
결해야 한다.

진양표국의 뒤에 무림오제의 일인인 마룡도제가 있다
는 것은 이미 그들도 잘 알고 있는 사실이었다.

두두두!

달리는 말들을 어느새 포위한 채 인적이 드문 곳으로
이끌고 있지만 간간히 날아드는 암기에 겁을 먹은 호위낭
인들은 그런 사실도 눈치 채지 못하고 있었다.

그 정도로 그들의 움직임은 은밀했다.

우당탕!

"꺅!"

흔들리는 마차 안에서 허유비가 비명을 내지른다.

어떻게든 소리를 지르지 않으려고 했지만 마차가 크게
흔들리는 순간 마차 안에서 넘어졌기에 어쩔 수 없었다.

"으윽! 일어서거라!"

마차의 한 귀퉁이를 붙든 허무선이 손을 내밀어 딸을
품에 안는다.

"놈들인가?"

으득!

이를 악무는 허무선.

그동안 일이 잘 풀리고 방해가 없어 잊고 있었다.

진양표국이 일어서는 것을 방해하는 자들이 있다는 것
을.

'이런 시기에 날 죽이려 든다는 것은 소흥왕부와의 거
래를 알고 있다는 뜻. 역시⋯ 범인은!'

그렇지 않아도 속으로 범인에 대한 윤곽을 어느 정도
특정지어가고 있던 그였기에 이번 습격으로 확실히 범인
을 알 수 있었다.

누구에게도 알려지지 않은 소흥왕부와의 거래.

그런 거래를 미리 알 수 있는 곳이라면 단 한 곳이다.

기존 소흥왕부와 거래를 하고 있던 곳.

"팔황표국 놈들!"

으드득!

이를 악무는 허무선.

하지만 당장 그가 할 수 있는 것이 없었다.

적들의 습격을 무사히 피할 수 있기만을 바랄 수밖에.

아니, 적어도 자신의 딸이라도 무사하길 바랐다.

'이럴 줄 알았다면 욕심을 내지 말 것을!'

밀려드는 일에 자신의 호위로 나서야 할 사람들까지 모두 표행을 시켰다.

그것이 이제와 후회되지만 상황은 이미 늦은 뒤였다.

"크악!"

그때였다.

비명소리와 함께 마차가 기울어진다 했더니, 금세 뒤집어지며 강렬한 충격이 두 사람을 휩쓸었다!

콰콰콰!

"아악!"

슈슉!

한 걸음에 수장을 건너뛰며 빠른 속도로 이동을 하는 태현의 움직임은 전광석화와도 같았다.

이런 속도라면 하루가 아니라 반나절이면 충분히 따라

107

잡을 수 있을 것 같음에도 불구하고 태현은 더욱 빠르게 몸을 움직였다.

두근 두근-.

편안하게 뛰어야 할 심장이 쿵쾅대고 있었다.

불안함으로 가득 찬 쿵쾅거림 말이다.

그렇기에 다른 사람들의 시선은 조금도 신경 쓰지 않고 태현은 관도에서 멀리 벗어나지 않은 채 빠른 속도로 달렸다.

그러길 잠시.

"제길!"

태현의 두 눈에 싸움의 흔적이 보이기 시작하자 직감적으로 일이 틀어졌음을 느낀 태현은 한 층 더 속도를 높였다.

쐐액!

전력으로 달리던 태현의 눈에 마침내 허무선 일행이 보였을 때였다.

"헛!"

마차가 넘어지며 요란한 소리와 함께 부서져 나간다.

기다렸다는 듯 달려드는 정체를 알 수 없는 흑의인들을 보며 태현은 검을 뽑았다.

"핫!"

짧은 기합과 함께 순식간에 흑의인의 목을 베어낸 태현의 신형이 마차 위에 우뚝 선다.

갑작스런 상황에 모두의 움직임이 멈춘다.

'살아남은 사람은… 겨우 셋인가?'

호위낭인들 중 목숨을 건진 사람은 겨우 셋이었다.

그 짧은 순간 대부분의 낭인들이 죽임을 당한 것이다.

"국주님. 괜찮으십니까?"

투콱!

가볍게 검을 휘둘러 쓰러진 마차에 입구를 만들어낸 태현이 묻자 신음과 함께 허무선이 유비를 품에 안고 밖으로 기어 나온다.

약간의 찰과상을 입긴 했지만 무사한 모습을 보며 안도의 한숨을 내쉰 태현은 살아남은 호위낭인들을 끌어 모았다.

"당신들은 국주님을 부탁합니다."

짧지만 강렬한 태현의 한 수를 본 뒤이기에 그들은 고개를 끄덕이며 뒤로 물러선다.

자신들로선 도저히 상대가 되지 않음을 깨달은 것이다.

그러는 동안 어느새 흑의인들 대부분은 그 모습을 감춘 뒤였다.

자리를 지키고 있는 자들은 강렬한 살기를 피워 올린다.

"살수들이로군. 그 정도에 속아 넘어 갈 것이라 생각하나?"

그들의 살기가 숨어든 살수들의 기척을 숨기기 위함임을 태현은 단번에 눈치 챘다.

우우웅.

서서히 몸 안의 기운을 풀어내는 태현.

가벼운 진동과 함께 순식간에 일대를 휘어 감는 그의 기세는 암살자들을 움찔거리게 만들기에 부족함이 없다.

기감으로 주변에 숨은 살수들의 기척을 완벽에 가까울 정도로 잡아내는 태현.

그들은 몰랐지만 살수의 천적이라 할 수 있는 태현이다.

어린 시절부터 수련을 하며 끊임없이 노력한 것이 기감을 다듬는 것이었고, 수련의 내용 중에는 최고의 살수였던 묵살검의 비전도 들어 있었다.

그 때문에 어지간한 살수라면 제 실력을 발휘하기도 전에 태현에게 발각될 확률이 아주 높았다.

지금처럼 말이다.

"한 걸음만 움직여도 벤다."

차가운 경고.

경고에도 불구하고 살수 중 한 사람이 움직인다.

그 순간.

스컥!

태현의 검이 빛을 뿌리며 허공을 가른다.

사방으로 번지는 뜨겁고 붉은 피!

털썩!

목이 떨어져 나가며 쓰러지는 흑의인.

완벽하게 몸을 감추고 있던 그를 언제 접근한 것인지 베어 넘기는 태현을 보며 흑의인들이 움찔하지만 그도 잠시.

일제히 움직이기 시작했다.

상대가 고수라 하더라도 임무는 완수해야만 한다.

그는 혼자이니 단숨에 움직여 허무선을 죽이려 하는 것이다.

하지만 그조차도 태현이 예상하고 있던 바였다.

우우웅!

그의 검이 세찬 울음을 터트리며 푸른 섬광을 토해낸다!

"극검(極劍)."

번쩍!

빛이 흑의인들을 가르고 지나간 뒤 남는 것은 붉은 선혈과 쓰러지는 흑의인들이었다.

푸화확!

태현이 익힌 천검 삼식(三式)의 마지막 일초.

유일하게 공격을 위한 초식인 극검.

그 위력 앞에 흑의인들이 얼어붙는다.

임무 완수를 위해선 자신의 목숨을 아끼지 않는 그들이 얼어붙을 정도로 방금 전의 일수는 강렬한 것이었다.

"…쳐라."

침묵도 잠시.

짧은 명령과 함께 다시 움직이는 흑의인들을 보며 태현은 무심한 얼굴로 다시 검을 휘두른다.

✝✝

"실패?"

차를 마시던 중년 사내가 시선을 돌리자 온 몸 가득 상처를 입은 채 무릎을 꿇고 있는 수하가 눈에 들어온다.

당장이라도 숨이 끊어질 듯 많은 상처를 입었지만 자신을 돌보는 것보다 보고를 하는 것이 먼저인 듯 입을 벌린다.

2

"태현이라는 자의 등장으로 인해 실패했습니다. 그의 강함은 정보보다 더 심한 것이었고, 움직였던 인원은 전원이 죽임 당했습니다."

"흐음… 지급의 살수로는 안 되었던 건가?"

"천급으로도 힘들 것이라 생각됩니다. 놈은 단숨에 제가 있는 위치를 파악했습니다."

울컥!

말을 마친 그의 상처가 일순 터지더니 피를 쏟아내며 자리에서 쓰러진다.

털썩.

쓰러진 수하를 무심한 눈으로 바라보던 사내가 입을 열었다.

"치워."

스스슥.

말이 떨어지기 무섭게 나타난 자들이 빠르게 시신을 가지고 사라진다.

주변에 뿌려진 피까지 순식간에 처리하자 약간의 피 냄새를 제외하면 깨끗한 방의 모습을 유지한다.

"흐음… 살행을 실패한 것이 얼마만이지?"

재미있다는 듯 웃으며 자리에서 일어나는 사내.

"몸을 풀어줄 겸 오랜만에 움직여 볼까? 준비해라."

– 명.

"부디 내 기대를 저버리지 않았으면 좋겠군, 그래."

살기 가득한 눈을 빛내는 중년사내.

현 살막의 주인이자 무림 최고의 살수로 불리는 살귀(殺鬼)가 태현을 노리고 움직이려 하고 있었다.

"후우… 자네가 아니었다면 큰일을 당했을 것이네."

허무선이 쓰게 웃으며 말하자 태현은 고개를 저었다.

죽은 호위낭인들을 땅에 묻어주고 남은 자들도 심하게 다쳐서 충분한 보상을 약속하며 돌려보낸 허무선과 허유비의 곁에는 태현 혼자뿐이었다.

비록 혼자뿐이지만 그 어떤 때보다 든든함을 느끼고 있는 허무선이었다.

"아무리 큰 거래가 있다 하더라도 국주님 혼자서 움직이는 것은 안 될 일입니다. 다른 거래를 미루는 한이 있어도 표두들과 함께 움직이는 것이 표국의 미래를 위하는 길이 될 겁니다."

"음, 미안하게 되었네. 욕심에 눈이 멀었던 것이지."

한숨을 내쉬며 사과하는 그를 보며 태현은 그 옆으로 눈을 돌렸다.

그곳엔 허무선의 팔을 붙든 허유비가 있었다.

면사하나 걸치지 않은 그녀의 얼굴은 대단히 뛰어난 것이었지만 태현에겐 큰 흥미를 주지 못했다.

당연한 일이었다.

항시 함께 다니는 선휘만 하더라도 허유비보다 더 뛰어난 미녀이니까.

"처음보는 얼굴이로군요."

"아, 그러고 보니 소개가 늦었군. 하나 밖에 없는 딸아이라네. 자네와는 길이 엇갈리는 바람에 제대로 소개를 한 적이 없었군."

"허유비라고 해요."

"태현이라 합니다."

서로 고개를 숙여 인사한 두 사람.

간단한 인사 후 즉시 몸을 움직여 주변에 흩어진 말을 가지러 가는 태현.

"뭐, 뭐지? 아빠, 저 사람은 대체 뭐예요? 날 보고도 눈 하나 깜짝하질 않다니!"

"…그게 목숨을 구해 준 사람에게 할 말이냐, 딸아?"

"아, 그렇지. 하지만 제 얼굴을 보고도 멀쩡한 사람은 처음 봤어요!"

딸의 말에 허무선은 웃으며 고개를 끄덕였다.

생각해보니 사실이었던 것이다.

"네 미모가 뛰어난 것은 사실이지만 그라면 흔들리지 않을 것이다. 그는 그런 사람이니까."

"음… 그러고 보니 아빠가 다시 일어설 수 있도록 도와준 사람이 있다고 하던 것이 저 사람이었군요?"

"그래. 그러니 너도 언행에 있어 조심을 기해야 할 것이다. 이 아비를 화나게 할 생각이 아니라면, 더더욱."

허무선의 경고에 허유비는 고개를 끄덕이며 말을 끌고 오는 태현을 살핀다.

평소에 화를 내지 않은 허무선이지만 한 번 화를 내면 말리기 어려울 정도로 무섭게 화를 낸다.

그렇기에 허무선의 경고를 마음에 새겨야 했다.

그럼에도 불구하고 피어오르는 호기심은 어쩔 수 없는 것이었다.

위험한 순간에 나타나 자신들을 구해 준 것도 대단한 일인데 자세히 살펴보니 어디 하나 빠지지 않는 미남이지 않은가.

마치 꿈에 그리던 연인의 모습을 구현해 놓은 것 같았다.

'조금 알아볼 필요가 있겠어.'

그녀의 눈이 밝은 빛을 뿌린다.

소홍왕부와의 계약은 별다른 일 없이 잘 체결되었다.

이로서 소홍왕부의 공식 표국으로서 지금보다 더욱 커질 수 있는 발판을 마련한 것이다.

항주로 돌아가는 내내 허무선의 얼굴에선 미소가 떠날 지 모를 정도였다.

"그리 좋으십니까?"

"물론이네! 이번 계약으로 인해 우리 진양표국은 이전보다 더욱 커질 수 있을 것이네. 왕부와의 거래로 얻어지는 이문보다 그로 인해 얻을 수 있는 사람들의 신뢰는 돈으로 환산 할 수 있는 것이 아니니까."

"표국이 커질수록 적은 늘어만 갈 것입니다."

태현의 말에 그제야 얼굴을 굳히는 허무선.

지금도 자신의 목숨을 노릴 정도로 견제를 하고 있는 판국에 규모가 더 커진다면 놈들이 어떻게 나올 것인지 알 수 없었다.

"팔황표국…."

"그들과의 관계를 정리하는 것이 먼저일 것입니다."

"그렇겠지. 돌아가는 대로 방법을 찾아봐야 하겠네."

암살자들의 습격으로 인해 자신의 목숨을 노리고 있던 곳이 팔황표국이라는 것을 확신한 허무선이다.

걸어온 싸움을 피하는 것만이 능사가 아니라는 것은 그도 잘 알고 있는 사실.

그들과의 싸움을 위해선 여러 가지로 준비를 해야 할 것이 많았다. 아직 진양표국은 팔황표국에 비해 많은 것이 모자란 상태였으니까.

"팔황표국이 어떤 곳인지 모르겠습니다만, 앞으로 쉽게 움직이지 못할 겁니다. 자리를 비웠다곤 하지만 오제의 일인인 마룡도제께서 본 표국에 머물고 계신데다, 소흥왕부의 계약까지 따냈으니 무림이든 관이든 이젠 진양표국을 쉽게 건드릴 수 없을 겁니다."

"나도 그렇게 생각은 하네. 하지만 그것만 믿고 있다간 언제 뒤통수를 맞을 지 알 수 없지. 준비하지 않는 자에게 미래는 없다고 선생께 배웠네."

육좌 선생이라 불리는 황금충을 떠올리며 고개를 끄덕이는 그를 보며 태현은 웃었다.

'이제 슬슬 떠날 때인가?'

진양표국이 이제 스스로 움직일 수 있게 되었으니 이곳을 떠날 때였다.

아직 태현 자신에겐 해야 할 일이 가득 있었기에 언제까지고 이곳에 머물 수는 없는 일이었으니까.

'그곳에 가보고 싶기도 하고.'

근래 부쩍 자신이 떠났던 마을이 그리워지고 있었다.

좋은 기억도 많지만 그곳을 떠나던 때의 고통과 괴로

움은 엄청난 것이었지만 언제까지고 외면 할 수 없다는 것도 태현은 알고 있었다.

그렇기에 마주하기로 마음먹은 것이다.

"이번 일이 끝나면 저와 선휘는 표국을 떠나도록 하겠습니다."

"그, 그게 무슨 말인가?!"

태현의 갑작스런 말에 깜짝 놀라는 허무선.

지금의 진양표국을 있게 만든 일등공신인 태현이 떠난다는 소리에 놀라지 않을 수 없었다. 정작 태현은 편안한 얼굴로 그에게 답했다.

"언제까지고 이곳에 머물 수는 없으니까요. 해야 할 일이 있으니 이제는 떠날 때가 된 것 같습니다. 사부님을 잘 부탁드리겠습니다."

"…알겠네."

긴 한숨과 함께 허무선은 고개를 끄덕인다.

어쩔 수 없는 일이었다.

언젠가 떠날 사람들이라는 것을 알고 있었지만, 그것이 너무 갑작스러워 당황했던 것일 뿐이지 표국에 얽매여 있기엔 태현은 너무 큰 사람이었다.

진양표국으로선 감당 할 수 없을 정도로 말이다.

"어쩌면 이게 제가 할 수 있는 마지막 일일 지도 모르

119

겠습니다."

"무슨 소린가?"

"아직 포기를 못한 모양입니다."

말과 함께 마차를 세운 태현이 내린다.

과연 밖에는 숨을 생각도 없는 것인지 흉흉한 기세를 내뿜고 있는 흑의인들 수십이 길을 가로 막고 서 있었다.

"싸움이 시작되거든 난 신경 쓰지 말고 예정대로 움직이게. 적어도 내가 어찌되지 않는 이상은 마차를 건드리지 않을 것이니."

"아, 알겠습니다요."

마부가 겁에 질린 얼굴로 고개를 끄덕인다.

"나와의 일을 끝내기 전에 마차를 건드릴 생각은 없겠지?"

흑의인들을 향해 소리치자 말없이 관도를 비우는 그들.

그것을 확인한 태현이 마부를 보자 겁에 질린 마부가 조심스레 마차를 몰고 그들의 사이를 빠져나간다.

마차가 사라지자마자 천천히 태현을 중심으로 원을 그리며 포위하는 흑의인들.

"실패한 일은 이유가 어찌되었건 간에 손을 때는 것으로 알고 있었는데, 꽤 바뀌었나 보군. 살막도."

"…우리에 대해 제법 아는 모양이로군."

시선을 돌리자 어느새 살막주가 모습을 드러내고 있었다.

"모를 수가 없지."

"흐음… 그런가? 하긴 우리가 제법 유명하지. 하지만 자네가 잘못 알고 있는 것이 있는데, 우리에겐 실패란 단어가 없다네."

"그래?"

"그렇다네. 살막주인 나 살귀의 이름을 걸지."

자신만만하게 웃으며 자신의 정체를 밝힌 살귀.

태현이 자신들에 대해 알고 있는 것이 이상하긴 했지만 살막에 대한 것은 워낙 유명하다 보니 그러려니 하고 넘어갔다.

그동안 간혹 태현처럼 살막에 대해 아는 척하는 자들이 있었기 때문에 더욱 그랬다.

물론 하나 같이 더 이상 떠오르는 해를 보지 못하게 만들었지만.

까닥.

살귀가 손가락을 움직이자 살막의 살수들이 하나 둘 기세를 뿜어내기 시작하고, 그 중에는 모습을 감추는 자들도 있었다.

이전에 봤던 자들과는 확실히 다른 기세와 실력들이었지만 그것이 태현에게 위협을 줄 순 없었다.

스르릉─.

"천적이 무엇인지 가르쳐 주지."

검을 뽑아 들며 무심히 말하는 태현이지만 그의 두 눈엔 진심이 가득 담겨 있었다.

무림에서 가장 조심해야 할 것이 있다면, 노인과 아이. 그리고 살수다.

무공을 익힌 노인과 아이는 그 실력의 고하를 가늠하기 힘듬이니 조심해야 할 것이고, 살수는 언제 어디서 노려질지 모르니 더욱 조심해야 한다.

무림의 격언이지만 적어도 태현에겐 살수를 조심해야 한다는 말은 통하지 않는다.

우우웅.

영롱한 소리와 함께 푸른빛이 태현의 검 위로 솟아오르고 점차 기감을 넓혀나간다.

"시작해."

살귀의 명령이 떨어지고.

살막이 자랑하는 구유살혼진(九幽殺魂陣)이 펼쳐진다!

스스스!

안개가 빠른 속도로 피어오르며 두 눈을 가리고 기감

을 끊임없이 속이는 무엇인가가 진 안을 오간다.

살수들이 활동 할 수 있는 최고의 무대를 마련하는 진법인 것이다.

그 진의 한 가운데서 태현은 피식 웃었다.

천기자 사부의 가르침이 문득 떠오른 것이다.

"두 눈을 흐트러트리는 것은 진법 중에서도 하급이고, 기감을 속이는 것은 나름 중급의 방법이다. 이 둘을 합치면 제법 괜찮은 진법이 탄생하는데, 이것을 최고로 여기는 자들이 있다. 특히 살수들일 수록 이런 진법을 선호하는데, 이런 진법을 깨는 방법은 간단하다."

쿠우우!

꿈틀!

검을 쥔 태현의 팔 근육들이 연신 꿈틀거리고 그의 검에 몰린 내공의 양이 어마어마해진다.

장검이 그 한계를 보일 때쯤.

검을 땅에 박아 넣었다!

쿠쿠쿠!

콰콰쾅-!

천지를 뒤흔드는 진동과 함께 일어나는 폭발!

태현을 중심으로 원을 그리며 족히 십장 안의 땅이 갈

라지며 뒤엎어진다!

"크아악-!"

어느새 땅에 숨어들었던 살수들 몇이 비명을 내지르며 피를 토하고, 갑작스런 상황에 구유살혼진이 그 기능을 멈춘다.

허무 할 정도로 너무나 쉽게 파훼되었지만 살막의 살수들은 다시 움직이기 시작했다.

정신적인 충격은 받았지만 평생에 걸쳐 독한 수련을 받은 그들의 몸은 명령에 따라 다시 움직이기 시작한 것이다.

그에 태현은 피식 웃으며 내공을 한 것 끌어올렸다.

온 몸 가득 퍼지는 강력한 힘.

"후우…!"

숨을 내뱉었다가 들이쉬며 검을 뽑아 든 태현은 끊임없이 단전에서 솟아오르는 막대한 내공을 오른발에 집중시킨다.

거대한 기운이 뭉친 발을 높이 들었다가 땅을 향해.

내려친다.

콰콰쾅!

굉음과 함께 먼지가 피어오르고 어마어마한 충격파가 사방으로 퍼져나간다.

124

짧은 시간 살수들의 몸이 흔들리며 움직임이 멈추고 피어오른 먼지가 시선을 가린다.

츠츠츳.

그 순간을 놓치지 않고 태현은 움직였다.

날카로운 예기를 뿜어내는 그의 검이 무심하게 살수들의 목을 베어낸다.

묵살검에게서 시작된 가르침은 천기자를 통해 태현에게 완벽하게 전수되었다.

다시 말해 태현이 마음먹는다면 누구보다 뛰어난 살수가 될 수 있는 것이다.

"크아악!"

"아악!"

연신 들려오는 수하들의 비명에 살막주 귀검의 얼굴이 굳어지며 재빨리 후퇴를 명한다.

그제야 급급히 뒤로 피하는 수하들.

잠시 후 먼지가 가라앉자 평온한 얼굴로 자리에 서 있는 태현이 모습을 보인다.

상처하나 없는 모습에 귀검은 순간 몸이 떨려왔지만 끝내 부정하며 검을 뽑아 들었다.

이미 많은 수하들이 희생되었다.

살막에서도 최상위급의 살수들이 희생되었다는 것은

당분간 살막의 움직임을 멈춰야 할 정도로 심각한 문제였다.

이런 상황에서 겁에 질려 물러서기만 한다면 자신의 자리를 유지하지 못할 수도 있었다.

그렇게 귀검이 나서자 태현 역시 자세를 바로 잡았다.

'이번 기회에 살막이 움직일 수 없도록 만드는 것이 좋겠어. 언젠가 독이 될 자들이니.'

태현 자신이야 언제든 살수들의 검을 피할 수 있겠지만, 자신 주변의 사람들까지 그럴 수는 없는 일이다.

앞으로 해야 할 일들이 까마득한데 살수들로 인해 발목을 잡힐 순 없는 것이다.

그럴 바에는 이 자리에서 살막이 더 이상 활동 할 수 없을 정도의 막대한 피해를 입히는 것이 나을 수도 있었다.

최고의 방법은 살막 자체를 없애버리는 것이지만, 살막을 없애는 것은 불가능에 가까운 일이란 사실을 알고 있기에 목적을 처음부터 움직이지 못하는 것에 둘 수밖에 없었다.

"네놈… 우리에 대해 잘 알고 있는 모양이로군."

그제야 태현이 살막에 대해 알고 있는 것이 단순히 다른 사람들이 아는 정도가 아니라는 것을 눈치 챈 그가 물었다.

"다른 사람들보다 조금 알고 있는 편이지."

"누구냐?"

"그걸 이야기 할 필요가 있나?"

"…그렇군."

긴장한 얼굴로 고개를 끄덕이는 귀검.

태현의 실력은 자신으로서도 쉬이 짐작이 되지 않았
다.

'제길! 칠왕(七王)이라 하더라도 잡을 수 있을 것이라
생각했는데, 내 착각이었던 것뿐이었나?'

으득!

이를 악무는 귀검.

- 이 의뢰는 실패다. 종료 후 막으로 돌아가면 새로운
막주를 뽑은 뒤 십년간 봉문 한다. 이것은 살막주로서 내
리는 마지막 명이다.

주변 수하들에게 전음으로 명령을 내린 귀검은 호흡을
가다듬으며 움직일 준비를 마쳤다.

스르륵.

조용히 자리에서 사라지는 귀검.

눈에 보이지도, 그 인기척도 느껴지지 않을 정도로 완
벽에 가까운 은신술이었다.

하지만 태현의 시선은 조용히 움직이고 있었다.

정확히 그가 움직이는 방향으로.

'빌어먹을!'

그것을 확인한 귀검은 정면으로 달려들었다.

살수에게 있어 최고의 무기인 은신술이 통하지 않으니
남은 것은 정면승부 밖에 없는 것이다.

그러는 사이 살아남은 살수들이 하나 둘 자리를 뜨고
있었다.

싸움의 결과는 알 필요도 없다는 듯.

그것을 보면서도 태현은 굳이 그들을 막지 않았다.

이 자리에서 귀검의 목을 베는 것으로 살막은 당분간
움직이지 못할 것이었으니까.

第 5 章.

第 5 章.

　무림에는 수많은 사람들이 있고, 그 중에는 괴짜라 불리는 자들도 대단히 많다.

　그런 괴짜들 중에서도 최고를 꼽자면 칠왕의 일인인 괴왕(怪王)이 있지만 근래 떠오르는 괴짜를 손에 꼽으라면 누구든 한 사람을 지목할 것이다.

　탕검(宕劍)이란 지독한 별호가 붙은 남궁세가의 괴짜.

　남궁연호.

　정도를 걷는 정파 문파들 중에서도 천하제일세가라 불리는 남궁세가의 긴 역사 속에서도 그와 같은 자는 없었다.

본래 남궁연호는 손에 꼽히는 기재로 남궁세가의 이름을 크게 높일 자로 평가 받고 있었지만, 어느 날을 계기로 탕검이라 불리게 되었다.

하루라도 여인들에게 찝쩍대지 않는 날이 없었고, 술과 도박을 끊지 않았다.

무공 수련은 당연히 하질 않았다.

처음엔 세가에서도 어떻게든 바로 잡으려 했으나, 이제는 모든 것을 포기하고 세가에서도 쫓아내버렸다.

더 이상 세가의 이름에 먹칠을 하는 것을 보고 있을 수 없었기 때문이었다.

밖으로 나온 그는 더욱 날뛰었고 이제와선 탕검이라 하면 무림에서 모르는 자가 없을 정도였다.

얼굴만 본다면 천하에서도 손에 꼽힐 정도라 그는 방탕한 생활을 계속해서 이어 갈 수 있었다.

"하하하! 이곳이 항주로구나! 풍류란 무엇인가를 논하기에 최고의 도시지! 하하하!"

항주의 성문을 보며 크게 웃는 사내.

남궁연호였다.

중원을 떠돌던 그가 마침내 항주에 도달한 것이다.

슥슥.

  2

익숙한 손놀림으로 인피면구의 안쪽에 접착제를 바른 선휘가 조심스레 인피면구를 착용한다.

꼼꼼하게 조금의 티도 나지 않을 정도로 정교하게 착용하기 위해선 많은 시간을 필요로 하지만, 익숙해질 대로 익숙해진 그녀의 손놀림은 능숙하기만 하다.

제 아무리 뛰어난 인피면구라 하더라도 며칠을 계속해서 착용하고 있을 수는 없는 일이기에 이렇게 시간이 될 때마다 벗어서 관리해주는 것이 좋았다.

거기에 자기 자신의 피부 문제도 있었고.

물론 선휘 자신은 자신을 가꾼다는 것에 대해 조금의 흥미도 없었기에 아무래도 좋았지만, 자신의 외모 때문에 벌어질 사건들을 생각한다면 귀찮더라도 인피면구를 관리해주는 것이 훨씬 나은 일이었다.

꾹, 꾹.

목 주변까지 완벽하게 장착을 하고 나자 그제야 평소에 입던 옷으로 바꿔 입는다.

목을 반쯤 가리는 평상시의 옷 때문인지 유일한 인피면구의 흔적까지 완벽하게 사라진다.

인피면구를 쓴 선휘의 얼굴은 완전히 달라져 있었다.

지나가는 것만으로도 사람의 시선을 확 잡아끌던 얼굴이 사라지고 평범하기 그지없는 얼굴로 바뀌어 있었다.

물론 본래의 얼굴선이 살아있기에 꽤 예쁘다는 소리를 들을 수준은 되었지만 본래의 얼굴과 비교하자면 보름달 앞의 반딧불과 다를 바가 없다.

꼼꼼하게 다시 한 번 확인을 마친 그녀가 밖으로 나선다.

표국의 아침은 해가 뜨기도 전인 새벽부터 시작되기에 표국 전체가 분주하다.

며칠 전 소흥왕부와의 계약을 무사히 마치고 돌아온 뒤로 더욱 바빠진 표국이었다.

지금 이 시간에도 새로운 일꾼을 모집하고, 한 명이라도 더 많은 표사를 받아들이기 위해 바쁘게 움직이고 있었다.

당장 소흥왕부와의 계약이 알려지며 일이 밀려들고 있는데, 본격적으로 소흥왕부의 일을 맡아 처리하게 된다면 지금의 규모로는 부족하기 때문이었다.

그렇게 분주히 움직이는 사람들을 뒤로하고 선휘가 향한 곳은 표국의 뒤편에 마련되어 있는 연무장이었다.

이미 연무장에는 여러 표사들이 나와서 개인 수련을 하고 있었는데, 표두로 올라선 일검이도의 두 사람이 나와 표사들의 수련을 돕고 있었다.

정식으로 표두가 된 이후 표국의 일에 열정적으로 매

달리고 있는 두 사람이었다.

그 바탕에는 안정적인 직업을 얻었다는 생각도 깔리긴 했지만 기본적으로 오제의 일인인 마룡도제와 태현이 두 사람에게 가르침을 주었기 때문이었다.

당장 그 가르침을 소화하기도 벅찰 테지만 표국을 위해 열심히 움직이는 두 사람의 모습은 보기 좋았다.

"오셨습니까."

때마침 이도가 선휘를 보곤 인사를 하자 수련을 하던 사람들이 잠시 멈추고 그녀에게 고개를 숙인다.

표면적으로 표두의 자리에 있는데다, 그 중에서도 가장 위에 있기에 다들 고개를 숙인 것이다.

"사형은 안 나왔나요?"

"수련실에 드셨습니다."

그 소리에 고개를 끄덕이곤 수련실로 향하는 선휘.

본래 진양표국에는 수련실이란 것이 존재하지 않았지만, 태현이 무인의 수련을 위해선 다른 사람의 눈에 띄지 않는 수련실이 필요하다는 의견을 내세움으로 인해 새로 만들어진 곳이었다.

당장은 그리 크지 않은 곳이지만, 앞으로 표두와 표사들이 많이 사용하게 되면 규모가 커지게 될 것이다.

수련실에 들어서자 태현이 수련실의 중앙에 앉아 명상

에 잠기어 있었다.

그에 조심스레 한쪽에 앉은 채 태현이 눈 뜨길 기다리는 그녀.

태현이 눈을 뜬 것은 일각쯤이 지나서였다.

"무슨 일이야?"

자리에서 일어서며 묻는 태현을 보며 선휘가 입을 연다.

"언제쯤 이곳을 떠나실 것인지 알고 싶어서요. 미리 준비해야 할 것들도 있으니."

"흠… 열흘 안으로 떠날 생각이다."

"알겠습니다. 허면 팔황표국과의 일은 어찌…?"

그녀의 물음에 태현은 웃으며 고개를 저었다.

"우리가 거기까지 관여할 필요는 없겠지. 이미 충분한 인력을 구성한데다가 경험이 풍부한 사부님께서 이대로 있으실 것이라 생각하기도 어렵고."

"그렇군요."

생각해보면 황금충이 진양표국의 일을 도와주고 있는 이상 앞으로의 일을 걱정하지 않아도 될 것 같았다.

비록 무공을 사용 할 수 없다곤 하지만 그에겐 오랜 경험이 있었다.

그것도 상인 특유의 경험 말이다.

그렇기에 앞으로 진양표국의 일에 큰 도움이 될 것이 분명했다.

이번처럼 팔황표국과의 마찰 역시 그의 개입이 있다면 큰 어려움 없이 이겨낼 수 있을 것이다.

물론 육좌선생으로 불리며 자신의 정체를 숨겨야 하는 입장이긴 하지만 작은 도움을 주는 것만으로도 진양표국의 국주인 허무선은 잘 해낼 수 있을 것이었다.

"게다가 그 여우도 있으니까."

태현의 말에 선휘가 대답 없이 고개를 끄덕인다.

두 사람이 여우라 칭한 사람은 허무선의 딸인 허유비였다.

소흥왕부와의 거래를 이끌어 냈을 뿐만 아니라, 본가로 돌아온 이후 부쩍 의욕적으로 움직이고 있는 그녀였다.

여인의 몸이었지만 그녀가 하는 일은 어떤 부분에선 부친인 허무선을 뛰어넘는 부분도 있어, 지금에 와선 표국 전체에 큰 도움을 주고 있었다.

앞으로의 계획에 대해 이야기를 마치고 수련실을 빠져나온 두 사람의 앞에 허유비가 나타났다.

평소처럼 입은 듯 편안한 복장의 그녀는 집 안인 만큼 면사를 하지 않고 있었는데, 무척 예쁜 모습이었다.

'화장을 했구나.'

아무것도 안한 듯 편안해 보이는 그녀의 얼굴에서 화장기를 발견한 선휘의 눈이 잠시 흔들린다.

어느새 태현의 팔에 매달려선 조잘대는 그녀를 보며 선휘는 머릿속이 잠시 복잡해져 옴을 느끼지만 그 감정이 무엇인 것인지에 대해선 조금도 알 수 없었다.

한편 태현은 태현대로 난감했다.

곧 떠나야 한다곤 하지만 허무선의 딸이다 보니 매몰차게 굴 수 없었다.

게다가 부쩍 사부인 황금충에게 잘하는 그녀의 모습을 보고 난 뒤인지라 더욱 그러했다.

난처해하는 태현의 모습을 보며 허유비는 속으로 크게 웃었다.

'역시 남자를 잡기 위해선 부모님이나 사부님을 공략하는 것이 제일 좋은 방법이라니까!'

그렇게 세 사람이 각자의 생각으로 복잡할 때 항주거리는 한 사람의 등장으로 떠들썩해지고 있었다.

✝

"아가씨 예쁜데? 오늘 어때?"

138

손가락으로 원을 그리며 술을 마시는 자세를 취하는 남궁연호를 보며 그의 앞에선 여인들이 어색하게 웃으며 황급히 자리를 피한다.

　그 모습에 실망을 했다가 다른 여인들이 눈에 보이자 다시 달려가는 그.

　연신 차이면서도 뭐가 그리 좋은 지 다시 달려드는 그를 보며 고개를 젓는 시장 상인들.

　이름도 정체도 모르는 사내이지만 벌써 며칠 째 저런 행동을 보이고 있으니, 항주 안에서도 모르는 사람이 없을 정도였다.

　게다가 낮에는 저러고 밤에는 기루를 연신 기웃거리며 돌아다니니 여러 가지로 소문이 더해지고 있었고.

　"아… 이렇게 오늘도 허탕인가?"

　긴 한숨을 내쉬며 주변을 살피지만 더 이상 여인의 그림자도 보이질 않는다.

　하긴 며칠 째 이 길에서만 이러고 있으니 이곳을 피해서 지나가는 사람들이 적지 않을 것이다.

　그때였다.

　"자네 이곳에 있었나?"

　"응? 뭐야, 자넨가?"

　남궁연호에게 아는 척을 하며 다가서는 사내.

시원시원하게 생긴 외모와 키.

한눈에 봐도 고급스러워 보이는 옷을 입은 사내의 곁에는 여럿의 남녀들이 함께 있었다.

웃으며 다가서는 그를 보며 퉁명스런 목소리로 대했음에도 불구하고 그는 웃었다.

"하하하! 이것도 인연인데 오랜만에 함께 식사라도 하는 것이 어떤가?"

"나 같은 놈하고 먹다간 체할 인간들이 한 둘이 아닌데, 괜찮나?"

"자네와 둘이서 먹으면 되는 일이지."

웃으며 고개를 돌리는 그.

"아무래도 오늘은 이 친구와 함께 식사를 해야 할 것 같으니 먼저 자리들 잡고 계십시오. 나중에 찾아가도록 하겠습니다."

"당형. 대체 그분은 누구시오?"

"하하, 내 나중에 소개시켜 드리겠소이다. 갑시다!"

당형이라 불린 사내는 웃으며 고개를 저은 후 남궁연호와 함께 금방 사라진다.

그러자 그의 일행들 역시 어쩔 수 없다는 듯 목적지를 찾아 움직인다.

"드시오. 오늘은 이 당모가 사겠소."

"쯧… 당세기 자넨 바뀌는 것이 없군 그래."

"하하, 자네가 바뀌지 않듯, 나 역시 바뀌지 않네."

"명답이로군."

술을 주고받으며 말을 이어가는 두 사람.

잘생겼다는 것을 제외하면 공통점이 없어 보이는 두 사람이지만 실제로는 상당히 많은 친분을 가지고 있었다.

남궁세가에서 쫓겨났다곤 하나 본래 남궁연호는 남궁세가의 사람이다. 그런 그의 앞에 앉은 당세기는 사천당문의 사람이었다.

오대세가의 일원인 사천당가.

그 구성원 중에서도 차기 후계에 가장 가까이 서 있는 사내가 바로 독비검(毒秘劍) 당세기였다.

어린 시설부터 친분을 쌓아온 사이인 것이다.

"사람을 몇이나 데리고 다니는 것을 보니 꽤 재미가 있는 모양이로군."

"재미라 할 것이 있나. 귀찮을 따름이지. 솔직히 가문의 일만 아니었어도 벌써 헤어졌을 것이네."

"후후, 자넨 언제나 가문을 먼저 생각했었지. 아주 어릴적부터 말이야."

"그렇게 배워왔으니까."

이런저런 이야기를 주고받으며 두 사람이 마시기 시작한 술이 어마어마한 양으로 쌓였지만, 둘은 조금도 개의치 않았다.

결코 싸지 않은 술이지만 이 정도 마신다고 해서 사천당가의 재정상황이 나빠질 리 없으니까.

게다가 이 정도로 술에 취할 두 사람도 아니었고.

"세가에는 돌아가지 않을 생각인가?"

"난 지금이 좋네."

"자넬 찾는 사람들이 있네."

당세기의 말에 남궁연호는 피식 웃으며 답했다.

"어떤 여인들이 찾던가? 뛰어난 미녀라면 다시 만나줄 생각도 있다네."

"안타깝군. 여인이 아니라 사내들이 찾고 있는데 말이야."

"그럼 이야기도 꺼내지 말게."

단번에 술을 입에 털어 넣는 남궁연호를 보며 당세기는 쓰게 웃었다.

그러면서도 부러웠다.

모든 짐을 내려놓고 자신의 뜻대로 살아가는 그가 말이다.

당가의 미래를 위해 모든 짐을 어깨위에 올려놓고 살

아가는 자신에겐 없는 것이 남궁연호에겐 있었다.

"자넨 욕할지도 모르겠지만 난 자네가 부럽다네. 자유롭게 살 수 있다는 것만으로도 말이야."

"그리 보이나? 후후후."

웃는 남궁연호지만 그 웃음이 쓰다.

세가에서 쫓겨나 그 연이 끊어진 것 같지만 실상으론 언제나 감시 인원이 자신에게 붙어 있었다.

되도록 멀리서 감시하고 있지만 그것을 모를 정도로 남궁연호는 멍청하지 않았다.

뿐만 아니라 세가를 나왔음에도 불구하고 세가에서 돈을 받아쓴다는 것도 그가 자유롭지 못함을 나타내고 있는 것이나 마찬가지였다.

지금 이 순간만 하더라도 인근에서 몇몇 사람들이 자신을 감시하고 있었으니까.

"그보다 방금 전 함께 있던 사람들은 누군가? 자네와 함께 있는 것을 보니 보통은 아닌 모양인데."

"오룡칠봉(五龍七鳳)의 사람들이네."

"오룡칠봉? 그런 것치곤 실력이 떨어지는 것 같던데?"

"어디 가서 그런 소리 하지 말게나."

남궁연호의 단도직입적인 말에 당세기가 어색하게 웃으며 손을 휘젓는다.

하지만 그것은 비단 남궁연호의 생각만이 아니었다.

오래전에는 오룡칠봉이라 하면 무림을 이끌어갈 최고의 후기지수들에게만 붙는 칭호였으나, 지금에 이르러선 명문세가의 자식들이 독점하다 시피 한 이름이었으니까.

오죽하면 가문의 위세가 아니면 제대로 힘도 못 쓰는 자가 있을까.

독비검이라 불리며 무림에서 그 실력을 인정받은 그와 함께 하기엔 그 격이 떨어지는 자들이었다.

"가문의 문제로군. 알겠네. 더 이상 묻지 않지."

"그래주면 고맙겠네."

쓰게 웃는 당세기.

그라고 해서 왜 그들과 함께 하고 싶겠는가.

그 모든 것이 가문을 위해서였다. 그렇지 않았다면 자신보다 훨씬 더 강한 자들과 함께 어울리며 조금이라도 더 배우려 했을 것이다.

그렇게 다시 몇 순배의 술이 더 돌고나서야 당세기는 자리에서 일어섰다.

"오랜만에 만나서 반가웠네. 마음 터놓고 이야기한 것이 얼마만인지 모르겠어."

"후후, 나 같은 놈이라도 필요하다면 언제든 찾게나. 가문의 힘을 조금만 써도 찾기 쉽지 않나."

"다음엔 그리하겠네. 그리고…."

마지막 인사를 건네려다 잠시 망설이던 당세기가 생각을 굳힌 듯 말을 건넨다.

그것도 전음으로.

– 어쩌면 조만간에 세가에서 자네를 찾을 수도 있네. 무림에 심상치 않은 일이 벌어지고 있음이니.

– 심각한 일인가?

– 어쩌면 무림의 평화가 깨질 수도 있네. 이에 대해서 알고 있는 사람은 거의 없네. 우리조차도 어렴풋이 뭔가 일이 벌어지고 있다는 것만 알고 있을 뿐.

– 정파 내부의 일인 모양이로군.

– 아직 많은 정보가 없네. 마음의 준비를 해두고 있는 것이 좋을 것 같아서 하는 말이네. 어쩌면 내 걱정으로 끝날지도 모르겠지만.

그 말을 끝으로 간단한 인사를 건넨 당세기가 떠나고 남궁연호는 자리에 앉아 남은 술을 마시며 그가 남기고 간 말을 다시 한 번 되새긴다.

'나와 상관없는 일이지.'

생각은 길었지만 결론은 단순했다.

자신은 자신의 인생을 사는 것으로 만족하고 있었다. 이제와 세가로 다시 돌아가고 싶은 생각은 조금도 없었다.

"어?"

무심히 창밖을 내다본 남궁연호의 몸이 굳는다.

수많은 여인들과 즐겼던 그이지만 맹세코 한 눈에 반했다는 감정을 느껴본 것은 처음 있는 일이었다.

다정하게 종알거리며 몸이 불편한 노인이 올라탄 비차를 밀며 시장을 거느리는 한 여인.

면사로 얼굴을 가렸지만 그의 내공 정도라면 면사 정도는 얼마든지 꿰뚫어 볼 수 있기에 훤히 보이는 그녀의 미소에 심장이 쿵쾅댄다.

"선생님 몸은 좀 어떠세요?"

"허허, 괜찮다. 비록 보이진 않으나 오랜만에 밖으로 나서니 기분이 좋구나."

허유비의 물음에 황금충은 웃으며 말을 건넨다.

비록 앞이 보이진 않지만 시장의 활기참을 몸으로 느낄 수 있어서 오랜만의 외출에 기분이 좋아진 것이다.

그동안은 외부와의 접촉을 최대한 줄이고 살아왔지만 이젠 그럴 필요가 없겠다 싶을 때 허유비가 찾아와 외출을 권한 것이다.

과거 황금충이라 불렸을 때의 모습은 조금도 남아 있

지 않은 지금이기에 가능한 일이었다.

"필요한 것은 없으세요? 아니면 가고 싶으신 곳이나 요."

"필요한 것도, 가고 싶은 곳도 없구나. 네가 필요한 것이 있다면 그리 가자. 이렇게 밖으로 나온 것만으로도 난 충분하니."

"헤헤, 그럼 잠시만 제가 가고 싶은 데로 갈게요."

"그러자꾸나."

귀엽게 웃으며 비차를 힘차게 미는 허유비.

허유비가 향한 곳은 약방이었다.

"어서 오십시오!"

"며칠 전에 주문해 놓은 것을 찾으러 왔어요."

"아! 그때의… 도착했습니다. 때마침 잘 오셨습니다."

허유비를 알아본 약방의 주인이 크게 반기며 안으로 들어가더니 제법 큰 보따리를 가지고 나온다.

비단에 싸인 것이 제법 비싼 물건 같았다.

"어렵게 찾았습니다. 요즘 찾는 사람이 많아서 물건을 구하는 것이 어렵다고 하더군요. 어쨌거나 운이 좋았습니다."

"고마워요."

가볍게 인사를 하곤 물건을 받아 나오는 그녀.

이미 물품에 대한 대금은 지급한 뒤였기에 약방 주인
도 웃으며 인사를 건넨다.

"향이 좋구나. 귀한 약재를 산 것이냐?"

자신의 무릎 위에 놓인 보자기에서 흘러나오는 약재의
향에 황금충이 묻자 비차를 밀던 허유비가 의미심장한 미
소를 지으며 답한다.

"고려인삼과 몇 가지를 구했어요. 선생님 몸이 약해지
신 것 같아서 다려서 드리려고요."

"허… 그 귀한 것을?"

"선생님보다 귀한 것이 있으려고요? 선생님 드린다니
까 엄마도 두말안하고 결제해 주시던 걸요."

"고맙구나."

"헤헤, 앞으로도 많이 도와주세요."

웃으며 말하는 그녀에게서 들려오는 따뜻한 목소리에
황금충은 조용히 고개를 끄덕인다.

황금충이라 불렸던 그가 어찌 이것보다 더 귀한 것들
을 먹어보지 않았겠는가.

고려인삼보다 훨씬 더 비싼 것들도 많이 먹어본 그이
지만 허유비와 그 가족들이 자신을 생각해주는 것이 더
고마울 따름이었다.

'이걸로 선생님은 완전히 내 편이야!'

148

비차를 밀며 눈을 반짝이는 그녀.

일단 마음의 결정을 내리면 거침없이 달려가는 것은 적어도 그의 어미인 이예선을 닮아 있는 허유비였다.

그렇게 짧은 외출을 마치고 표국 인근에 다 도착했을 때였다.

"한 눈에 반했습니다. 저와 결혼해 주시기 않으시겠습니까?"

"예?"

갑작스레 자신의 앞에 나타나 허무맹랑한 소리를 지껄이는 사내.

남궁연호였다.

어느새 깔끔한 옷을 갖춰 입은 채 나타난 그는 귀한 집안의 자제와 같은 모습을 하고 있었는데, 자신에게 딱 맞는 옷을 선택함으로서 그 외모 역시 한층 더 돋보인다.

단숨에 그녀를 공략하기 위해 나름 준비를 한 것이다.

'뭐야, 이 밥맛은?'

하지만 정작 허유비의 머릿속에 박힌 생각은 전혀 다른 것이었다.

"부디 내 청을 거절하지…."

"꺼져."

"응?"

"음?"

자신도 모르게 나온 말에 정체를 모를 사내는 물론이고 황금충까지 놀란 듯 고개를 돌리자 허유비가 재빨리 손으로 입을 가리며 웃는다.

"호호, 실수를. 저리 가세요. 전 이름도 모르는 사내와 결혼을 할 생각도 마음도 없어요."

"아! 내 이름은…!"

"가요, 선생님."

자기소개를 마치기도 전에 냉정하게 말을 자르며 비차를 밀고 움직이는 허유비.

그에 황급히 비차의 앞을 막아서는 남궁연호.

"자, 잠시만! 내 인생에 처음으로 한 눈에 반했…."

"아저씨들! 여기 좀 쫓아내 주세요!"

"예, 아가씨!"

그러고 보니 표국에서 멀지 않은 곳이었기에 허유비는 정문에서 경계를 서고 있던 표사들을 불렀다.

워낙 오가는 사람이 많아 그녀를 신경 쓰지 못하고 있던 표사들이 그녀의 불음에 황급히 놀라며 달려온다.

"무슨 일이십니까, 아가씨!"

"귀찮게 굴어서요. 좀 쫓아내주세요. 부탁해요."

"맡겨주십시오!"

표사들에게 남궁연호를 맡기곤 안으로 사라지는 그녀.

어떻게든 따라가려 했으나 표사들의 끈질긴 제지와 방해로 결국 남궁연호는 눈앞에서 허유비를 놓쳐야 했다.

"소, 소저어어어!"

"어쩐다?"

표국 정문에서 멀지 않은 객잔으로 자리를 옮긴 남궁연호는 가물가물 떠오르는 허유비의 모습에 고개를 저으며 고민에 고민을 거듭했다.

어떻게든 인연을 이어나가고 싶은데 그럴 방법이 없었던 것이다.

"그래도 나쁘지 않아."

툭툭.

자신의 머리를 치며 다시 정신을 가다듬는다.

꽤 많은 여인들을 만나보았지만 한눈에 반한 것은 이번이 처음이었다.

영혼이 흔들리고 심장이 쿵쾅대는 느낌은 난생처음 경험하는 것이었다.

그렇기에 어떻게든 그녀를 차지하고 싶었다.

"우선 알고 있는 것은 진양표국의 아가씨라는 것 정도인가? 아니지, 그 비차에 앉아 있던 사람이 선생이라고 했었지?"

짧은 순간 오갔던 대화들을 다시 떠올리며 하나하나 정보를 되짚어나가는 남궁연호.

하지만 그것도 잠시 금방 좌절한다.

정보를 얻기엔 너무 짧은 만남이었기 때문이다.

"으아아아! 어쩌지? 어쩐다?!"

안절부절하며 방에서 이리저리 오가며 애타게 창밖의 진양표국 대문을 바라만 보고 있던 그의 머릿속에 번개처럼 스쳐지나가는 생각하나!

"그, 그래! 저긴 표국이지! 우선 진양표국에 대해서 좀 알아봐야 하겠어."

서둘러 나선 그가 다시 방으로 돌아온 것은 한 시진이 지난 뒤였다.

해가 지고 땅거미가 깔리고 있었지만 저녁도 거스른 채 그는 정보상에게서 사온 정보를 읽는데 집중했다.

"좋았어!"

끝까지 읽고 나서야 얼굴이 환해지는 그.

"하늘이 우리 두 사람을 이어주려는 것이 분명해! 그렇지 않고서야 이런 시기에 표사를 받을 리 없지! 나를 기다린 것이 분명해! 음하하하!"

만족스러운 듯 크게 웃는 남궁연호.

그가 내린 결론의 끝은 바로 진양표국에 표사로 취직을 하는 것이었다.

표국의 아가씨이니 만큼 표사로 일을 하면 더 많이 접촉할 기회가 생길 것이라 판단한 것이다.

그 판단은 분명 나쁘지 않은 것이었다.

하지만 표사라 함은 항시 표물과 함께 중원을 떠돌게 될 것이란 생각엔 미치질 않은 남궁연호였다.

그렇게 아침 해가 떠오르길 기다렸다가 해가 뜨자마자 곧장 옷을 단정하게 입고 진양표국의 문을 두드렸다.

"측정불가?"

갑작스레 달려온 표사의 보고에 일검이도의 수련을 봐주고 있던 태현이 시선을 돌린다.

"표사 시험을 위해 준비되어 있던 관문을 쉽게 돌파했을 뿐만 아니라 아무래도 남궁세가와 관련이 있는 사람인 것 같습니다."

"남궁세가?"

갑자기 왜 남궁세가의 이름이 나오는 것인지 되묻는다. 왕부와의 계약을 체결했다곤 하지만 아직 진양표국은 무림세력과 거래를 한 적이 없기 때문이다.

"자세한건 모르겠습니다만, 그의 이름이 남궁연호라고

합니다."

"남궁연호라면…."

때마침 알고 있는 것이 있다는 듯 다가오며 입을 여는 일검.

"알고 있습니까?"

"예. 그 이름이 분명하다면 그는 남궁세가의 인물이 맞을 겁니다. 한때 남궁세가 최고의 기재로 알려졌던 사람입니다만… 지금은 탕검이라 불리며 세가에서도 쫓겨난 것으로 알고 있습니다."

"탕검이라… 아무래도 직접 가봐야 하겠군요."

고개를 저으며 발걸음을 옮기는 태현.

그의 뒤로 일검이도가 뒤따른다.

과연 연무장에 도착하자 이미 몇몇 표사들이 시험을 위해 비무를 벌였던 것인지 한쪽에 쓰러져 있었다.

얼어붙은 분위기를 보니 제대로 싸우지도 못하고 쓰러진 것이 분명했다.

"표, 표두님이 오셨다."

그때 누군가가 태현과 일검이도의 등장을 보고 소리치자 일제히 길을 비키며 고개를 숙인다.

"자자, 이제 또 뭘 해야 합니까?"

신이 난 듯 웃는 얼굴로 연무장 위에서 몸을 움직이는

남궁연호의 모습을 보며 태현은 천천히 연무장 위로 올랐다.

"남궁연호라고 했습니까?"

"응? 맞습니다! 표사 지망생! 남궁연호라고 합니다!"

자신보다 어려보이지만 주변 분위기가 이상한 것이 표국의 높은 위치에 있는 사람이라 판단한 남궁연호가 크게 소리치며 고개를 숙인다.

그 모습에 태현은 피식 웃었다.

소란스러운 것 치곤 꽤 재미있는 사람이라 생각한 것이다.

"아무래도 실력은 되는 모양이로군요. 본 표국의 표사가 될 충분한 능력을 갖추고 있는 것 같습니다. 아니, 차고 넘칠 정도지요."

"감사합니다! 그럼 표국의 표사로 채용되는 겁니까?"

기대 가득한 눈으로 자신을 바라보는 남궁연호를 보며 태현은 고개를 흔들며 천천히 입을 연다.

"본 표국으로선 남궁세가의 눈을 의식하지 않을 수 없습니다. 그것이 설령 세가에서 나왔다 하더라도."

말과 함께 담 밖으로 시선을 던지는 태현.

그 순간 남궁연호의 눈이 빛났다가 본래대로 돌아온다.

"세가와 인연을 끊었으니 조금의 관여도 없을 것이라 확신할 수 있습니다. 어떻게 해서든 꼭 이곳에서 일하고 싶습니다!"

단호하게 이야기하며 소리치는 그를 보며 태현의 머리가 복잡하게 돌아간다.

한 눈에 봐도 그는 강한 실력자였다.

자신과 선휘가 표국을 떠난다면 그 뒤를 받쳐 줄 수 있을 정도로 막강한 실력자임이 틀림없다.

'탕검이란 이름과 다르게 실력만으로는 어디에서도 빠지지 않겠어.'

그렇지 않아도 표국을 떠난 이후를 걱정하고 있었는데 의외로 잘 풀릴 수 있을 것 같았다.

물론 일검이도를 비롯해서 새로 영입한 표두들 중에 제법 쓸 만한 무인들이 있는 것은 사실이지만 그것만으론 부족하다고 생각했던 것이다.

'남궁세가와의 일이 걸리긴 하지만 이런 기회를 놓치기는 아깝지.'

결국 마음의 결정을 내린 태현.

하지만 그런 태현도 모르는 것이 하나 있으니.

이미 무림에서도 진양표국은 화제의 대상이란 것이다. 오제의 일인인 마룡도제가 머물고 있다는 사실 하나만으로도 집중을 받지 않을 수 없었다.

뿐만 아니라 그것으로 인해 무림과 연관된 자들이라면 진양표국과 섣불리 얽히는 것을 꺼릴 수밖에 없었다.

자칫 마룡도제가 나섰다간 남아나는 것이 없을 테니까.

무림 최강자의 한 사람이 뒤에 서 있다는 것은 그런 의미였다.

다시 말해 하지 않아도 될 걱정을 태현은 하고 있는 것이지만, 어찌되었건 표국의 전력이 늘어서 나쁠 것은 없었다.

그렇기에 그 부분에 있어 눈치가 빠른 일검이도도 별다른 이야기를 하지 않았다.

"당신이 본 표국에 어울리는 사람인지는 내가 직접 시험하도록 하지요. 날 만족시킬 수 있다면 본 표국의 일원이 될 수 있을 겁니다."

태현의 정중한 말에 남궁연호가 고개를 갸웃거린다.

몸이 좋은 것 같지만 무공을 익힌 것처럼 보이지 않기 때문이었는데, 그것도 잠시.

그의 몸에서 서서히 기운이 흘러나오자 곧 고개를 끄덕인다.

그 기세가 사뭇 대단했기 때문이었다.

웃음기를 지우고 차분히 준비하는 남궁연호를 본 태현은 손짓으로 주변 사람들을 물렸다.

연무장에서 떨어져 나가는 사람들.

표국 최고의 고수가 태현이란 사실은 이미 잘 알려져 있기에 누구도 그를 걱정하지 않는다.

그러는 사이 누군가 보고를 한 것인지 허무선과 허유비가 연무장을 찾았다.

두 사람의 등장에 사람들이 인사를 하려 했지만 허무선이 먼저 손짓으로 조용히 하라는 의사를 표한 뒤 연무장 위를 바라본다.

그 순간.

남궁연호가 먼저 움직였다.

휘릭!

그의 주먹이 날카롭게 뻗어 들어온다.

가볍게 뻗어진 주먹을 어렵지 않게 피해내자 기다렸다는 듯 남궁연호의 발이 높은 곳에서 정확히 태현의 목을 노리고 떨어져 내린다.

물 흐르듯 부드러우면서도 빠른 동작!

도저히 피해 낼 수 없을 것 같은 공격이었지만 태현은 침착하게 앞으로 반걸음 움직이며 팔을 들어 그의 허벅지를 내려쳐 공격을 막아내곤 그대로 어깨로 그의 가슴을 강하게 밀어 친다.

퍽!

"큭!"

이런 식으로 반격 할 줄 몰랐던 듯 의외의 일격을 받은 남궁연호가 신음을 흘리지만 어느새 그의 반대편 발이 따라 붙으려는 태현을 밀어낸다.

잠시 떨어졌던 두 사람의 신형이 다시 가까이 붙는다.

파파팟!

쩌적! 쩍!

갈라지는 연무장.

도저히 눈으로 따라 갈 수 없을 정도로 빠르게 주고받는 두 사람의 공수에 지켜보던 사람들은 입을 떡 벌린다.

막대한 내공이 느껴지는 것도 아니건만 두 사람의 공방에 숨을 쉴 수 없을 정도의 압력을 느끼기 시작한 것이다.

타탁! 탁!

남궁연호의 주먹과 다리에 서린 은은한 힘은 태현의 손을 통해 고스란히 전달된다.

육체의 힘이 정확하게 실린 그 공격은 남궁연호가 오랜 시간 제대로 된 수련을 받았다는 증거였다. 그것도 기초적인 수련을 말이다.

그렇지 않고서야 공격하나하나에 제대로 된 힘을 실을 수 없다.

누구보다 많은 수련을 통해 뼈저리게 느꼈던 태현이기에 알 수 있는 사실이다.

하지만 반대로 남궁연호는 내심 크게 당황하고 있었다.

아무리 내공을 크게 싣지 않은 공격이라 하지만, 정확하게 몸의 무게를 더해 타격을 하고 있기에 쉽게 볼 수 없는 공격을 하고 있었다.

그런데 그는 너무나 쉽게 막아내거나 흘려내고 있었다.

자신보다 실력이 좋지 않고서야 결코 있을 수 없는 일이었기에 남궁연호의 움직임은 점차 복잡해지고 있었다.

그것을 눈치 챈 태현은 방어만 하고 있던 움직임에서 벗어나 남궁연호의 복부를 노리고 빠르고 정확하게 주먹을 내뻗었다.

퍼억!

"크윽!"

갑작스런 일격에 신음을 내지르며 뒤로 물러서는 그.

하지만 공격을 시작한 태현으로선 이 정도로 멈출 생각이 없었다.

160

파바밧!

점차 강렬해지는 태현의 공격에 맞추어 남궁연호 역시
그 실력을 드러내기 시작했다.

태현의 입장에선 억지로라도 그의 실력을 끌어내야 했
다.

그렇지 않아도 모두가 모인 자리이니 만큼 그의 실력
을 모두에게 보이고, 자신의 뒤를 맡길 수 있는 자라는 것
을 보여주는 것이 여러모로 좋은 것이다.

그런 사실도 모르고 남궁연호가 몸을 놀린다.

점차 격렬해지는 싸움.

터팅!

힘이 실린 일격에 뒤로 밀려나는 태현.

그 틈을 놓치지 않고 달려드는 남궁연호의 몸에서 강
렬한 기세가 피어오른다.

어지간한 공격으론 통하질 않으니 본격적으로 그 실력
을 보이려는 것이다.

"하앗!"

기합과 함께 빠르게 내지르는 그의 주먹!

공기를 찢으며 날아드는 주먹을 보며 태현은 어렵지
않게 받아내며 거리를 벌린다.

"허…"

허탈하게 웃는 남궁연호.

내공을 제법 실은 공격이었음에도 불구하고 어렵지 않게 받아내는 모습에 질린 것이다.

그때였다.

남궁연호의 눈에 한쪽에 서 있는 허유비의 모습이 눈에 들어온 것은.

"그래! 나는 할 수 있다아아!"

온 몸에서 힘이 끓어오르는 느낌에 소리를 지르는 남궁연호!

갑작스런 괴성에 모두가 놀란 얼굴로 그를 본다.

정작 본인은 잘 모르는 것 같았지만.

그렇게 기세를 끌어올리며 다시 공격을 하려고 할 때 비무를 끝낸 것은 태현이나 남궁연호가 아닌 허무선이었다.

"자자, 거기까지!"

박수를 치며 상황을 종료시킨 그는 이 자리에 모여 있는 표사들을 향해 외쳤다.

"일이 밀려있는데 이러고 있을 틈이 있나! 그만하고 다들 각자의 자리로 돌아들 가시게나!"

"아차! 그러고 보니 벌써 나갈 때가…!"

그제야 정신이 든 표사들이 허둥지둥 움직이기 시작하

고, 그 중에는 표두들도 섞여 있었다.

순식간에 사라지는 사람들을 보며 태현은 기운을 거둔다.

"두 사람은 날 보도록 하지."

원탁에 세 사람이 둘러앉자 시비가 간단한 다과와 차를 내려놓곤 방을 나간다.

"긴말은 하지 않도록 하지요. 왜 저희 표국에 들려는 것입니까? 아무리 남궁세가를 나왔다곤 하나 남궁을 버린 것은 아니지 않습니까."

조용히 하지만 정확하게 핵심을 찔러 들어오는 허무선의 물음에 순간 남궁연호가 움찔하지만 곧 차분히 대답을 한다.

"제가 남궁의 사람인 것은 가문에서 버림을 받았다 하더라도 바뀔 수 없는 사실이기 때문입니다. 하지만 그 모든 것을 뒤로하고 꼭 이곳에서 일을 하고 싶습니다."

"왜 입니까?"

그 물음에 남궁연호는 긴장한 듯 숨을 가다듬더니 곧장 허무선을 향해 무릎을 꿇으며 소리쳤다.

"따님을 주십시오, 장인어른!"

"……."

순간 정적이 감도는 방.

무슨 말인지 못 알아들은 듯 멍한 얼굴인 허무선을 보며 남궁연호는 다시 입을 열었다.

"따님을 주십시오! 한 눈에 반했습니다! 꼭 행복하게 해주겠습니다, 장인어…."

"누가 장인인가!"

쾅!

굉음과 함께 비산하는 찻잔.

붉게 물든 그의 얼굴이 당장이라도 폭발할 듯 보이지만 초인적인 인내로 참아낸 허무선이 이를 갈며 말했다.

으드득!

"그런 불순한 의도에서라면 절대 고용 할 수 없네. 아니! 고용할 생각이 없네!"

눈에서 불이라도 나올 강렬한 시선에 뻔뻔하기만 하던 남궁연호 조차도 뭐라 말을 하지 못했고, 중간에서 그것을 지켜만 보고 있던 태현도 입을 열진 않았다.

자신이 관여할 일이 아니라 생각한 것이다.

적어도 허유비와 남궁연호와의 관계는 말이다.

"저 제법 힘 쓸 줄 압니다! 반드시 표국에 큰 도움이 될 것입니다! 뿐만 아니라 세가에서 쫓겨났긴 하지만 제법 인맥도 있으니 표국의 성장에 큰 도움이 될 겁니다!"

"반대로 그 유명세가 본 표국에 독이 될 수도 있겠지! 돌아가게! 내 딸은 내줄 수 없… 아니, 자네는 우리와 맞질 않는 것 같네!"

"장인어른!"

"누가 장인 어른이야!"

결국 목에 핏대를 잔뜩 세우고 소리를 내지르는 허무선이었다.

NEO ORIENTAL FANTASY STORY

第6章.

亂劍武林 난검두림

第 6 章.

"오늘 중으로 다 숙지해야 할 사항이네. 국주님께서 직접 시험을 할 것이라 하셨으니 반드시 외워야 할 것이네."

그 말과 함께 일검이 자리를 비우자 남궁연호는 망연자실한 얼굴로 자신 앞에 놓아진 어마어마한 두께의 책을 보았다.

척 봐도 수백 장은 되어 보이는 것이다.

표국에서 처음 일을 하는 것이지만 이렇게 많은 것을 숙지해야 할 것이라 생각지는 않았다.

아니, 실제로 그리 많지 않았다.

"그래… 해보자! 이것은 장인어른께서 내게 내리는 시험이니!"

독한 마음을 먹고 자리에 앉은 남궁연호가 책을 파고든다.

문제는 그것이 방이 아닌 연무장의 한쪽이란 사실이다.

덕분에 이곳에서 수련을 하던 모든 이들이 그 모습을 지켜 볼 수 있었는데, 하나 같이 고개를 흔든다.

이미 그에 대해서 표국 전체에 잘 알려졌던 것이다.

사실 허무선은 끝까지 그를 고용하지 않으려 했었다. 실력은 있지만 딸을 노리고 표국에 들어오다니. 아비 된 입장에서 결코 찬성 할 수 없는 것이다.

그럼에도 불구하고 그가 지금 표국 표사의 옷을 입고 표국에서 자리를 잡을 수 있었던 것은 바로 태현 때문이었다.

태현의 설득으로 인해 임시 딱지가 붙긴 했지만 표국에 마음껏 들릴 수 있게 된 것이다.

문제는 어떻게든 그를 쫓아내기 위해 허무선이 갖은 방법을 다 쓰고 있다는 것인데, 그때마다 남궁연호가 잘 대처하고 있었다.

"정말 저대로 두셔도 되겠습니까? 나중에 표국에 문제

170

가 생기지 않을까 걱정입니다."

언제 다가온 것인지 이도가 묻자 태현은 고개를 저었
다.

"걸리는 것이 없지는 않지만 진양표국에 큰 도움이 될
것입니다. 이미 알겠지만 저와 선휘가 떠나고 난 뒤 표국
엔 중심이 되어 줄 강력한 고수를 필요로 합니다."

"그렇기는 합니다만, 과연 도움이 되겠습니까?"

"그의 실력은 제가 인정하지요."

"음… 실력도 중요하지만 문제는 그의 별호에서 알 수
있듯 무림에 그에 대한 소문이 그리 좋지 않다는 것입니
다. 그것은 역으로 본 표국에 좋지 않은 영향을 줄 수도
있을 겁니다."

이도의 지적은 정확한 것이었다.

그렇기에 남궁연호와 관련된 소문을 철저하게 차단하
고 있는 것이 아닌가.

하지만 그럼에도 불구하고 태현이 그에게 기대를 걸고
있는 것은 그 실력이 진짜이기 때문이었다.

저만한 실력을 갖추기 위해선 오랜 시간 힘들게 수련
을 했을 것인데, 지금에 와 탕검이란 이름을 얻었다는 것
은 무엇인가 이유가 있기 때문일 터였다.

그것이 무엇일지 태현 자신도 알 수 없지만 더도 말고

덜도 말고 딱 1년이었다.

1년만 그가 이곳에서 버텨 준다면… 그 뒤는 문제 될 것이 없었다.

마룡도제.

그가 다시 돌아올 것이니.

"이제 준비해야 할 땐가…."

청명하게 맑은 하늘.

다시 움직이기에 더 없이 좋은 날이었다.

✟

항주에서 배를 타고 한 달이 넘는 시간이 걸려서 도착할 수 있는 곳 산해관(山海關).

육로로 고려와의 거래를 위해선 반드시 들려야 하는 곳이기에 수도 없이 많은 상인들이 오가고, 만약을 위해 군사들이 엄밀한 경계를 서는 곳이 바로 이곳이다.

산해관 자체에도 많은 군인이 있지만 인근에 만약을 대비한 군대가 밀집하고 있어 평상시라면 무림인들이 접근을 꺼리는 곳이기도 했다.

아무리 무림과 관이 불가침의 영역이라곤 하나 애초에 서로 간섭할 일을 만들지 않는 것이 최고의 방법이기 때문이다.

그런 산해관에서 다시 쉬지 않고 말을 달려 보름 정도를 달리면 열하(熱河)라는 도시가 나타난다.

열하는 신기하게도 한 여름에도 기온이 그리 높지 않아 인근에서 제법 유명세를 떨치고 있었는데, 덕분인지 해가 넘어 갈 수록 발전하는 도시였다.

덕분에 지금에 이르러선 하북에서도 손에 꼽히는 대도시로 발전해 있었다.

기본적으로 북경에서 멀지 않은 위치에 있다 보니 고관대작들의 휴식처로도 각광받고 있는 곳이었고.

그곳에서 하루를 쉰 뒤 다시 말을 달려 마침내 도착한 곳은 위장(圍場)이었다.

하북에서도 외곽에 위치한 도시로 그 규모는 크지 않지만 유목민들과의 거래가 활발한 곳으로 작지 않은 상인들이 몰려드는 도시였다.

그런 위장의 객잔에 자리를 튼 태현들은 하루를 꼬박 쉬고 나서야 한 자리에 모일 수 있었다.

워낙 강행군을 한 탓에 쉽사리 피로를 풀 수 없었던 것이다.

"뭔가… 작지만 활기찬 도시네요."

"그렇습니다, 아가씨."

태연히 창밖을 내려다보며 말을 하는 것은 허유비였고, 그 곁에서 말을 받은 것은 다른 누구도 아닌 남궁연호였다.

그 둘의 모습을 보며 태현은 자신도 모르게 튀어나오는 한숨을 막을 수 없었다.

'설마하니 몰래 배에 올라탈 줄이야.'

저 두 사람이 자신을 따라 왔다는 것을 알아차린 것은 놀랍게도 산해관으로 향하는 배 안에서였다. 그것도 십일을 넘고 나서야 알 수 있었다.

장시간 항해를 하는 배는 정확하게 식량과 식수를 계산하여 넣는다. 어느 정도 여유를 두기는 하지만 배 무게가 늘어날수록 항해 날짜가 늘어나기 때문에 보통은 적절히 맞추어 나가는 편이었다.

그런데 그런 식량이 계속 줄어들고 있으니 그 원인을 찾기 시작했고, 결국 숨어 있는 두 사람을 찾아내었던 것이다.

무공의 고수인 태현과 선휘가 눈치 채지 못했던 것은 그만큼 두 사람이 은밀하게 움직였다기 보단 처음부터 관심을 두지 않았기 때문이었다.

배의 선원 숫자를 모르니 두 사람이 움직이는 것에 대해 당연히 개의치 않게 되는 것이다.

174

어쨌거나 그들의 합류를 거절하고 즉시 돌려보내려 했지만 결국 패한 것은 태현이었다.

덕분에 지금의 광경이 벌어지고 있는 것이고.

'지금 생각해보면 그 모든 것이 연극이었겠지. 그렇지 않고서야 급수도 없이 산해관까지 직행 할 수 없었겠지.'

당시엔 정신이 없어 거기까지 생각지 못했다.

하지만 이제와 생각을 해보면 미리 계획하지 않았다면 줄어든 물 때문이라도 한번쯤은 가까운 항구에 들렀어야 하는 것이 옳았다.

그런 것이 없었다는 것은 배의 선원들 전체가 한패라는 것이다.

'이제와 후회한들 어쩔 수 없는 일이겠지만.'

"그런데 대체 이런 곳에는 왜 온 거예요? 말이 하북이지 중원에서 꽤 멀리 떨어져 있는 곳이잖아요."

고개를 갸웃거리며 태현을 향해 묻는 허유비.

이곳까지 따라 오면서도 혹시나 쫓겨 날 까봐 묻지 않았지만 이젠 물어도 될 것 같아 질문한 것이다.

겉과 달리 내심 긴장하면서.

'이제와 쫓겨 날 순 없어. 내가 어떻게 여기까지 따라 붙었는데! 혹이 하나 붙긴 했지만….'

곁눈질로 남궁연호를 본 허유비가 속으로 한숨을 내쉰다.

그때 태현이 입을 열었다.

"이곳에서 삼일 정도 서쪽으로 움직이면 이곳보단 작은 마을이 하나 있는데 그곳에 내가 태어난 마을이 있어. 그곳을 둘러보기 위해 움직인 것인데…"

"그, 그렇군요!"

태현의 뒷말이 이상할 것 같자 재빨리 말의 흐름을 끊어버리는 허유비.

그 모습에 태현은 피식 웃으며 더 이상 입을 열진 않는다.

진양표국에서 나온 상태이다 보니 허유비에게 예의를 갖춰야 할 이유가 없기에 편하게 말을 하고 있었다. 아니, 애초부터 자신보다 어린 그녀에게 예의를 갖추지도 않았지만.

무슨 생각으로 자신을 쫓아 온 것인지 모르지만 당분간은 위험한 일에서 손을 뗄 생각이니 함께 움직여도 괜찮겠다 생각했다.

그렇지 않았다면 벌써 돌려보내도 보냈을 것이다.

그런 태현과 달리 선휘의 얼굴은 내내 굳어 있었다.

'답답해.'

이유를 모를 답답함이 온 몸을 죄인다.

그것은 허유비가 자신들을 따라왔을 때부터 연신 그녀를 괴롭히고 있었다.

게다가 허유비가 태현과 말을 섞고 있을 때면 이상하리라 만치 기분이 나빴다.

'대체 내가 왜 이러지?'

선휘 자신도 이해가 되지 않을 정도로.

이곳에서 하루를 묵은 뒤 일찍부터 움직인 태현들.

허유비가 없었다면 경공으로 당장 달려가면 되겠지만 그럴 수도 없었기에 느긋하게 움직였고, 며칠의 고생 끝에 마침내 태현이 태어난 마을에 도착 할 수 있었다.

하지만 그곳에서 태현을 기다리고 있는 것은 상상 그 이상의 모습이었다.

"…이곳에 마을이 있었나요?"

조심스레 묻는 허유비.

그녀의 물음은 지극히 정상적인 것이었다.

그들의 앞에 나타난 것은 거대한 분지뿐이었으니까.

물론 곳곳에 마을의 흔적들이 눈에 들어오지만 무성하게 자란 잡초들 때문에 그마저도 잘 보이질 않는다.

"오래 전 마을이 있었던 것은 확실한 것 같군요. 하지만 이렇게까지 파괴되었다는 것은…."

쉽게 말을 잊지 못하는 남궁연호.

중원을 꽤 돌아다닌 그였기에 도적들 때문에 마을 전체가 화를 입은 흔적을 본 적도 있었지만, 지금 이곳은 그런 것들과 모든 것이 달랐다.

저벅저벅.

굳은 얼굴로 말없이 서 있던 태현이 발걸음을 옮긴다.

그 뒤를 허유비가 따르려 했지만 선휘가 손을 들어 제지했다.

지금부턴 오로지 태현 혼자만의 시간이었다.

'이곳은 장씨네 집이었고, 저곳은 이가 형제가 살던 곳. 여긴….'

생생하게 손에 잡힐 듯 과거의 모습이 겹친다.

크지 않은 도시였기에 옆집에 누가 사는 것인지 도시에 누가 살아가는 것인지 전부가 알고 있었다.

코 흘리며 집안 관계없이 마을을 뛰어 놀았었다.

적어도 그날 전까진.

저벅, 저벅.

한참을 걸어 태현이 도착한 곳은 마을의 흔적이 있던 곳에서도 꽤 멀리 떨어진 곳이었다.

다 무너진 담벼락과 불타오른 흔적이 아직도 남아 있는 지붕들.

반쯤 무너진 정문을 지나 안으로 들어가자 사람 허리춤까지 올라온 잡초들이 무성하다.

슥.

손을 들어 가볍게 주변으로 휘젓자 순식간에 베어지는 풀들.

우수수.

가벼운 소음과 함께 풀들이 사라지자 그제야 제 모습을 내는 그곳은 드넓은 마당이었다.

본래 웅장한 모습을 갖추고 서 있어야 할 전각들은 모조리 불타오르거나 무너져선 이젠 그 흔적만이 남아 있었다.

과거의 흔적만이 가득한 이곳.

"모두 묻었다고 생각했는데."

우웅. 웅.

작은 중얼거림과 함께 폭발적으로 쏟아져 나오는 광기(狂氣)와도 같은 살기(殺氣)가 태현의 몸을 휘감는다.

사부님들의 일을 먼저 해결하기 전까진 모든 것을 뒤로 미루어두고 가슴속 깊이 숨겨두었다고 생각했었는데, 그 모든 것이 자신의 착각과도 같았다.

숨 막힐 듯 뿜어져 나오는 살기를 뒤로 하고 태현의 발걸음은 쉬지 않고 움직여 저택의 최고 심처에 도착했다.

그래봤자 어떤 흔적도 남아 있지 않지만, 태현의 눈에는 그려진다.

고고한 위세를 뿜어내며 이 자리에 서 있던 커다란 전각이.

꺄아아악!
크아악!

귓가에 선명하게 들려오는 비명소리.

그날의 처참했던 모습이 다시 떠오른다.

으드득!

이를 가는 태현의 몸에서 이제까지와 비교 할 수 없을 정도로 막대한 살기가 뿜어져 나온다.

미친 듯 사방으로 비산하는 살기들.

그 속에서 태현은 이를 악물었다.

"그래… 이거지. 이거야. 묵혀 둔다고 해서 모든 것이 해결 되는 것은 아니지. 크크… 크하하하하!"

광소(狂笑).

180

너무나 서글프고.

아픈 웃음소리가 사방에 퍼져나간다.

타닥, 탁.

모닥불이 요란한 소리를 내며 그 불씨를 키워 나갈 때
멀리서 느껴지는 어마어마한 살기에 선휘와 남궁호연이
순간 움찔하며 자리에서 일어선다.

"대체 무슨 사연이기에…."

고개를 저으며 마른 나뭇가지를 모으기 위해 움직이는
그와 달리 선휘는 자리에 서서 멀리 태현이 있는 방향을
바라만 본다.

자리에 앉은 채 그 모습을 보던 허유비가 입을 삐죽이
지만 먼저 입을 열지는 않았다.

'적은 늘리지 않는 것이 제일이야.'

이미 선휘가 태현을 바라보는 시선이 다르다는 것을
눈치 챈 그녀다.

아직 자신의 감정에 대해 잘 모르는 것 같은 그녀에게
괜히 이야기를 했다가 적을 늘리는 우를 범할 생각은 조
금도 없는 허유비였다.

하다못해 정실의 자리를 확고히 해놓고 난 뒤라면 몰
라도 말이다.

'나 혼자만으론 해결이 될 것 같지도 않고.'

어린 시절부터 많은 교육을 받아온 데다, 머리가 나쁘지 않은 그녀이기에 태현에게 어울릴 수 있는 여인이 자신만이 되지 않을 것이라 벌써부터 판단하고 있었다.

그렇다 하더라도 정실의 자리를 포기하고 싶은 생각은 없었다.

그렇게 세 사람이 각자의 생각을 품고 움직이고 있을 때 태현은 어느새 감정을 추스르고 한 곳을 향해 움직이고 있었다.

저택의 뒤편.

마을 전체를 내려다 볼 수 있던 산의 정상으로.

산 정상은 풀이 무성하게 자란 평지였다.

한 눈에 마을이 다 들어올 정도로 전망이 좋은 이곳은 어릴 적 태현들이 뛰어놀던 장소이기도 하지만 마지막까지 적들에게 저항을 하던 장소이기도 했다.

그 흔적은… 아직도 남아 있었다.

건드리면 당장이라도 부스러질 검들이 땅 곳곳에 꽂혀 있다.

그 흔적은 산의 뒤편으로 갈수록 많아지더니 어느 순간 검의 무덤이 모습을 드러낸다.

사방에 날려 있는 무구들.

우웅.

웅—.

마치 태현이 오길 기다렸다는 듯 마지막 비명을 내지르는 검들!

울음소리는 점차 커져 더 이상 버티지 못한 검들이 하나 둘 부러져가기 시작한다.

그때마다 마음이 찢어지는 듯 했지만 태현은 멈추지 않고 천천히 앞으로 걸었다.

그렇게.

그렇게 도착한 곳에는 마치 오랜 시간 태현을 기다려 왔다는 듯 검 한 자루가 녹 쓸지도 않은 채 날카로운 예기를 뿜어내며 수직으로 꽂혀 있었다.

"…청홍(靑紅)."

우우우!

나직한 태현의 부름에 대답이라도 하려는 듯 강한 울음을 토해내는 검.

푸른 검신에 붉은 문양의 선이 들어가 있는 검은 청홍이란 이름이 너무나 잘 어울리는 검이었다.

청홍은 대대로 태현의 집안에 내려오던 검이었다.

오직 가문의 주인만이 사용할 수 있고 가질 수 있는 검.

그 검의 가치를 모르는 자들에겐 평범한 검에 불과했으나, 가치는 아는 자들에겐 천고의 기물.

청홍은 소유한 것만으로도 더위와 추위가 범접하지 못할 뿐만 아니라, 그 어떠한 막대한 내공이라 하더라도 어렵지 않게 소화해낸다.

자신의 내공을 버티는 검 자체가 귀한 것인데, 그 내공의 종류를 가리지 않음이니 어찌 기물이라 하지 않을 수 있겠는가.

그런 청홍이 이 자리에서 자신을 기다리고 있다는 것은 가문을 공격했던 놈들은 청홍의 가치를 알지 못했음이 분명했다.

"한 가지 단서인가…."

작은 것이지만 태현에겐 큰 단서였다.

가문에서 가장 큰 보물이라 할 수 있는 청홍을 가져가지 않았다는 것은 여러 가지를 의미하는 것이니까.

스르릉.

청홍을 땅에서 뽑아내자 드러나는 모습.

검 끝이 부러진 그 형상은 독특하지만 그것이야 말로 진짜 청홍임을 나타내는 것이다.

어차피 검기를 사용 할 수 있다면 그 순간부터 검 끝이 어떻게 생겼든 상관없는 것이니까.

184

우웅.

손 안에서 우는 청홍.

그 가벼운 진동에 태현은 절로 미소 지었다.

"그래. 함께 하자. 너 역시 복수를 바라고 있을 테니."

웅웅.

파삭, 파사삭.

청홍의 대답과 함께 주변에 가득 서 있던 검들이 하나 둘 부러지기 시작한다.

진정한 주인이 왔음에 오랜 세월을 버티고 있던 검들이 그 마지막 연의 끝을 고하는 것이다.

부모님이 어디에 묻힌 것인지 알 수 없지만 청홍이 있는 곳에 아버지가 있었을 것이라 생각한 태현은 천천히 청홍이 꽂혀 있던 곳에서 절을 올린다.

경건하게.

"소자가 많이 늦었습니다. 하지만 그만큼 힘을 키워왔습니다. 하늘에서 지켜봐 주십시오. 가문을 이렇게 만든 흉수를 찾아내어 기필코 그 복수를 하고 말겠습니다."

차가운 목소리가 주변에 퍼져나간다.

그 뒤로 태현은 곳곳을 돌아다니며 흉수의 단서를 찾으려 했지만 어디에서도 쉽게 흔적을 찾을 수 없었다.

어찌 보면 당연한 일이었다.

십년이면 강산도 변한다 했거늘, 그를 훌쩍 뛰어넘은 시간이지 않는가.

있던 단서도 사라졌을 때였다.

"녀석이 표국에 취업했다고?"

가슴까지 내려오는 긴 수염이 인상적인 노인의 물음에 마주 앉은 중년인이 고개를 끄덕인다.

"무슨 바람이 분 것인지 모르겠습니다만, 근래 항주에 서 빠른 속도로 몸집을 불려나가고 있는 진양표국이란 곳 에서 표사로 일을 한다고 합니다."

"허… 그 녀석. 밖으로 돌면 정신을 차리겠거니 했거 늘."

"어쩔 수 없는 일이겠지요."

쓰게 웃으며 고개를 내젓는 중년인.

"내 실수였느니라. 그 아이의 짐을 덜어주었어야 하는 것이었다."

"그것이 어찌 아버님의 탓이겠습니까. 가문을 이끌면 서도 눈치 채지 못한 제 탓이겠지요."

부자지간의 두 사람.

두 사람이 대화를 나누고 있는 이곳은 천하제일세가라 불리는 남궁세가에서도 가장 심처에 위치한 곳이었다.

남궁세가주 창룡검(蒼龍劍) 남궁혁이 중년인의 정체였고, 맞은편에 앉은 노인은 칠왕(七王)의 수좌이자 남궁세가 최강의 무인으로 평가 받는 창천검왕(蒼天劍王) 남궁세준이었다.

"언젠가 다시 불러 들여야 할 것인데…"

"똑똑한 녀석이니 알아서 할 것 입니다. 설령 가문에 돌아오지 않는다 하더라도 가문을 돕기 위해 움직일 것이라 생각합니다."

"후후, 녀석이라면 그럴 수도 있지."

"그보다 기왕 이렇게 된 것이니 진양표국과의 거래를 시작해 볼까 합니다. 녀석의 상태를 알아볼 겸해서 나쁠 것은 없다고 봅니다."

"흠! 거래할 것은 있고?"

그 물음은 당연한 것이었다.

무림의 유명 세가들 대부분이 자체적인 상단을 가지고 있었다. 그런 상단들이 벌어들이는 돈으로 세가를 유지하는 것인데 남궁세가의 경우도 마찬가지였다.

이미 잘 짜인 계획대로 상단이 움직이고 있는 상황이기에 급작스럽게 거래 물품을 늘리는 것은 쉬운 일이 아니었다.

"그렇지 않아도 절강 쪽과의 거래 물량을 늘리려던 참이었습니다. 규모가 커져서 세가의 상단이 직접 움직이기 전까지는 도움을 받는 것이 좋을 듯합니다."

"그렇다면 네가 알아서 하거라. 가문의 가주는 너이지 뒷방으로 물러난 내가 아니지 않느냐."

"하하, 아버님께서 뒷방으로 밀려 나셨다고 한다면 누구도 믿지 않을 것입니다."

"일찍 죽으라는 소리로 밖에 들리지 않는구나."

피식 웃으며 농이 섞인 말을 하는 남궁세준에게 아들인 남궁혁은 웃음만 지을 뿐이었다.

그렇게 남궁세가 최고위 두 사람의 결정이 내려지고 세가의 상인이 진양표국과 접촉하려 할 때 이를 갈고 있는 한 사람이 있었다.

팔황표국주 황태경이었다.

힘들게 살막과 접촉하여 의뢰를 하였는데, 그것마저도 실패로 돌아간 것이다.

더 이상 임무 수행이 어렵다며 위약금까지 주고 돌아

188 2

갔으니 그들의 실패는 분명했다.

으득, 으득.

엄지손톱을 습관적으로 깨무는 황태경.

"걸리던 놈들이 사라진 것은 확실하지만 문제는 허무선 그 놈이다."

살막의 의뢰는 실패로 돌아갔지만 그나마 얻은 것이 있다면 진양표국에 머물던 정체를 알 수 없던 두 사람이 떠났다는 것이었다.

하지만 그것을 기뻐하기도 전에 허무선의 움직임이 달라졌다.

본래 허무선은 표국 운영에 있어 최대한 안전성을 두고 거래처를 늘려간다. 그렇기에 한번에 거래 물량을 늘리지 않았는데, 그날 이후 허무선은 공격적으로 표물의 양을 늘리고 있었다.

표국의 덩치를 크게 불리나 싶더니 이제와선 소규모 표국들을 여럿 집어삼켰다.

소흥왕부와의 거래를 한다는 믿음 때문인지 표물의 양이 많아졌음에도 불구하고 모두 소화를 할 수 있는 바탕에는 그런 허무선의 공격적인 경영 때문이었다.

당장 팔황표국의 일거리가 조금씩 줄어들고 있는 것이 눈에 보일 정도였다.

"어떻게든 해야 해. 더 커졌다간 이러지도 저러지도 못하게 되겠지. 문제는 모습을 보이진 않고 있지만 놈들의 뒤에 마룡도제가 있다는 것이지. 덕분에 어지간한 무림인들은 움직이질 않으니…."

어떻게 할 방법이 없을 정도로 진양표국은 내외로 단단해져 있었다.

덕분에 황태경도 진양표국을 공략하는 것에 고민에 고민을 거듭해야 될 정도였다.

그때였다.

"뭘 그렇게 고민하고 있기에 내가 왔다는 소리도 못 듣나?"

"자네 왔나?"

문을 열고 들어온 것은 천라표국의 강양석이었다.

강양석 역시 살막에 의뢰했던 일이 실패했음을 알고 있었다.

다만 황태경과 다른 것이 있다면 아직까진 진양표국의 영향을 덜 받고 있다는 것이었다.

그것을 살펴보면 허무선의 눈이 팔황표국을 향하고 있음이 확실했다. 그것 때문에 황태경이 더 신경을 쓰고 있는 것이다.

"진양표국의 일로 그러는 것이라면 고민하고 있는 것

보다 움직이는 것이 어떻겠나? 어차피 지금 진양표국은 그 기세를 꺾기 어렵네. 차라리 훗날을 기대해보는 것이 더 나을 지도 모르지."

"후… 나라고 해서 왜 모르겠나. 문제는 이미 척을 진 상황이라는 것이지."

"척을 졌다고 해도 그가 쉽게 움직일 순 없네. 왕부와 거래하는 입장에서 좋지 않은 소문은 자신들의 발목을 잡게 될 테니까."

강양석의 말은 정확한 것이기에 황태경도 고개를 끄덕이긴 했지만 얼굴색이 돌아오진 않는다.

그만큼 황태경은 진양표국의 위협이 훗날 팔황표국에게 큰 위험이 될 것이라 판단하고 있는 것이었다.

그런 황태경의 얼굴을 보던 강양석이 어쩔 수 없다는 듯 입을 열었다.

"신경이 쓰이더라도 지금은 한시라도 빨리 움직여야 할 때네."

"…그게 무슨 소린가?"

"전체적으로 둔해진 모양이로군. 무림의 움직임이 심상치 않네. 오랜 평화가 깨어지고 피바람이 불 것 같은 모양이야. 이럴 때 단단히 준비를 해놓는다면 큰돈을 만질 수 있지 않은가."

"무림이?"

금시초문이라는 듯 얼굴을 찡그리는 황태경.

아무리 정신이 없었다곤 하지만 그런 중요한 정보를 놓쳤다는 것은 결코 좋은 일이 아니었다.

"독안혈검(獨眼血劍)이라 들어봤나?"

"독안혈검? 금시초문이로군."

"쯧쯧. 무림에도 좀 신경을 쓰게나."

"자네야 무림과 거래를 하니 당연한 것이지만, 난 그동안 아니지 않은가. 그보다 하던 이야기나 해보게. 그가 어쨌다는 것인가?"

황태경의 재촉에 강양석은 잠시 뜸을 들였다가 말을 이었다.

"독안혈검이라는 자는 사파의 고수로 무림에서도 제법 이름이 있는 축이긴 했었지만, 절대고수들과 비교해선 격이 떨어진다는 평이 많았었네. 그런데 그가 얼마 전부터 기이한 행보를 선보이기 시작하더니 귀주 최고의 무인이라 불리던 협행검(俠行劍)을 꺾었지."

"협행검이라면… 나도 들어본 적이 있네. 비록 칠왕에 오르지는 못했으나 결코 만만찮은 강자라 들었는데?"

"맞네. 그런 그를 꺾었으니 상황이 어떻겠나? 귀주를 중심으로 그동안 조용하던 사파가 꿈틀거리기 시작했고,

192

협행검의 복수를 하겠다며 나서는 자들이 한 둘이 아니네."

"시끄럽기는 하겠군. 하지만 자네 말처럼 중원 전체가 시끄러워질 징조가 보인다는 것은… 그 한 명의 일로 끝날 것이 아니란 것이로군."

"정확하네."

거기까지 말을 한 강양석은 차로 목을 축이고 난 뒤 계속해서 말을 이었다.

"독안혈검 뿐만 아니라 중원 곳곳에서 그동안 숨죽여 왔던 사파 무인들이 움직이고 있다네. 오랜 시간 정파와 마도의 세력 싸움에서 밀려났던 그들이 일제히 움직이기 시작했다는 것은 뭔가 일이 벌어질 징조이지 않겠는가?"

"그렇기는 하네만, 그 구심점이 없지 않은가. 사파 최대의 단점은 구심점이지 않은가. 마도에는 천마신교가 있고, 정파에는 구파일방과 오대세가라는 걸출한 축이 있지만 사파에는 그런 축이 없질 않은가."

황태경의 말처럼 오랜 세월 사파는 중심이 될 수 있는 역사를 가진 대형 문파가 없었다.

덕분에 뛰어난 고수가 나온다 하더라도 그 영향력을 발휘하기 어려웠다. 물론 그 바탕에 사파 특유의 기질 때문에 세력이 오래 유지 되지 못하는 단점이 있긴 했었지만 말이다.

"이번엔 다르네. 며칠 전 독안혈검이 문파를 세울 것이라 공언했고, 그 준비에 들어간 것으로 알고 있네. 중원 곳곳에서 이름을 날리기 시작하던 사파 무인들 역시 그에 호응하며 귀주로 몰려들고 있음이니, 앞으로 어떻게 될 것인지 누가 알겠는가?"

"귀주에는 유령문(幽靈門)이 있질 않은가?"

"유령문이 귀주의 터줏대감인 것은 사실이지만 협행검을 막아낼 고수가 없었지 않은가. 협행검을 죽인 독안혈검이 문파를 세운다면 상황이 어떻게 흘러갈 것인지는 알 수 없는 일이지."

"자네 말은 이것을 시작으로 무림 전체가 시끄러워질 것이란 소린가?"

"후후후, 그렇네. 적어도 돈 냄새에 있어선… 우리가 최고이지 않은가."

웃으며 자신의 코를 툭툭 건드리는 강양석을 보며 황태경은 고개를 끄덕인다.

중원에 무슨 일이 생기려 할 때 가장 먼저 알아차리는 것은 표국과 상단들이다. 중원 전역을 돌아다니며 정보를 수집하는데다, 돈과 관련된 일에는 민감하게 반응하기 때문에 더욱 그러했다.

특히 황태경 자신이 아는 한 눈앞의 강양석은 돈과 관련해선 기가 막히도록 냄새를 잘 맡는 자였기에, 이번 이야기 역시 쉽게 볼 수는 없었다.

그렇게 황태경이 관심을 보이자 강양석이 웃으며 이야기했다.

"그리고 자네이니 이야기 해주는 것이네만, 제대로 돈 벌어 볼 생각 없는가?"

갑작스런 말에 황태경이 고개를 들었을 때 강양석은 웃고 있었다.

이제까지 단 한 번도 본 적 없는 미소를 띠며.

†

와구와구.

황금색의 휘황찬란한 옷을 입은 큰 덩치의 사내가 탐욕스럽게 먹을 것에서 눈을 떼지 않고 손을 움직인다.

딸그락, 딸칵.

요란스런 소리를 내며 숨도 쉬지 않고 음식을 흡입하듯 먹던 그의 손이 멈춘 것은 식탁 위의 음식을 모두 없애고 나서였다.

족히 오십 인은 먹을 수 있을 것 같던 음식이 단 한순간에 사내의 입으로 사라진 것이다.

"음… 역시 음식은 좀 모자라게 먹는 것이 좋지."

꺼억!

볼록 튀어나온 배를 문지르며 태연히 웃는 사내의 번들거리는 입술.

그때 차양 뒤에서 나타난 아름다운 시비들이 재빠르게 식탁을 치우고 한 사람은 부드러운 비단으로 그의 입술을 정성 것 닦아주곤 물러선다.

"들어와라."

시비들이 물러서자 느긋한 목소리로 명하자 문이 열리며 다수의 사내들이 안으로 들어선다.

하나 같이 황의(黃衣)를 입은 사내들.

"대주님을 뵙습니다!"

일제히 무릎 꿇으며 외치는 그들에게 고개를 끄덕이는 것으로 인사를 대신한 황영(黃影)의 시선이 벽을 향하자 기다렸다는 듯 시비가 지도를 내린다.

세밀하게 그려진 중원의 지도였다.

"보고해봐."

"올 초에 세웠던 계획보다 지금까진 2할 이상 많은 돈을 거두었습니다. 이대로라면 최종적으로 계획보다 3할

196

의 이득을 더 볼 수 있을 것 같습니다."

"나쁘진 않군. 현재 계획은?"

"아직까진 계획에서 벗어나지 않고 있습니다."

수하의 보고에 만족스러운 듯 고개를 끄덕이던 황영은 문득 생각난 듯 물었다.

"지금 계획은 어디까지 실행되었나?"

"4할 정도입니다. 몇 달 안으로 5할을 달성 할 수 있을 것으로 예상하고 있습니다."

"나쁘지 않군. 대계(大計)에서 가장 중요한 역할을 맡은 것은 몸만 쓸 줄 아는 멍청이들이 아니라 바로 우리라는 사실을 잊지 말도록 해라. 돈이야 말로 세상 최고의 힘이다."

"존명!"

"가봐."

그의 명령이 떨어지자 일제히 방을 벗어나는 수하들.

황영이 이끄는 수하들은 무공으로만 따진다면 다른 자들에 비해 많이 떨어진다.

황영 자신도 다른 팔영(八影)에 비하면 무공이 떨어지는 편이었다.

그럼에도 불구하고 황영이 이리 자신만만하게 구는 것은 조직의 모든 자금을 자신이 관리하기 때문이었다.

뿐만 아니라 앞으로 대계를 펼치는 데 있어 가장 중요한 역할을 맡고 있는 것 역시 자신이라 생각했기에 가능한 일이었다.

"후후후, 오늘도 즐거운 운동을 시작해 볼까?"

큰 덩치를 일으키자 뱃살이 처지지만 익숙한 듯 걸음을 옮기는 황영.

구구구.

기관 장치가 되어 있는 것인지 몇 번 벽을 만지자 가벼운 진동과 함께 벽이 움직이며 계단이 모습을 드러낸다.

저벅, 저벅.

계단을 따라 한참을 내려가자 어둠의 끝에서 빛이 올라오고 있었다.

마치 대낮과도 같은 빛이 올라오자 얼굴 가득 미소를 띠며 발 빠르게 움직이는 황영.

계단의 끝.

그곳엔… 어마어마한 황금의 산이 있었다.

아니, 황금의 바다라 해도 부족함이 없었다.

한쪽에는 금관이 가득 들어차 있고, 한쪽에는 금자가 가득 쌓여 있었다.

"크하하하!"

촤아아악!

크게 웃으며 금자에 뛰어드는 그!

마치 물속을 유영하는 듯 금자 속에서 헤엄을 치며 연신 웃음을 터트리는 황영.

"돈이야말로 세상의 모든 것이다!"

第7章.

第 7 章.

본래 태현은 필요 없는 대화는 잘 하질 않는 편이기 때문에 과묵한 편이었는데, 그가 살던 마을에 다녀온 이후로는 더욱 과묵해졌다.

필요한 최소한의 말을 제외하곤 도통 입을 열질 않는 것이다.

어두워 보이는 그의 기색 때문에 제대로 이야기해보지도 못하고 일행은 침묵 속에서 왔던 길을 되짚어가고 있었다.

촤아악! 촤악!

거침없이 움직이는 배.

코를 가득 찌르는 바다냄새와 불어오는 바람이 답답하던 머릿속과 마음을 비워주는 듯하다.

배 선미에 앉아 바람을 맞으며 혼자만의 시간을 가지는 태현.

스스로도 그날 이후 감정이 격해지며 말이 없어졌다는 것을 잘 알고 있었다.

그럼에도 불구하고 일행들에게 말을 할 수 없었던 것은 조금만 실수해도 폭발할 것 같았기 때문이다.

이제라도 격해진 감정을 추스를 수 있다는 것이 다행일 정도였다. 설마하니 이렇게까지 자신이 감정적이 될 것이라 생각지도 못했던 태현이었다.

'놈들에 대한 단서를 찾아내진 못했지만 언젠가 알 수 있겠지. 아니, 반드시 알아내고야 만다.'

그렇게 태현이 마음을 다잡고 있을 때 선휘가 다가왔다.

"이젠 좀 괜찮나요, 사형?"

"음… 미안하게 됐어."

솔직한 태현의 말에 선휘는 고개를 저으며 곁에 앉았다.

"앞으로 어찌할 생각이세요?"

그녀의 물음에 태현은 그녀를 바라본다.

자신도 말이 없는 편이지만 생각해보면 진짜 말이 없는 것은 선휘였다.

자신의 얼굴을 감추고 다니는 것도 불편할 텐데, 감정을 드러내는 일도 없다.

의사를 표현하는 일도 극히 드물었다.

언제나 태현이 움직이자는 대로 움직인다.

"넌 하고 싶은 것이 없어?"

갑작스런 물음에 선휘는 머뭇거리다 대답한다.

"언젠가 가정을 꾸리고 조용히, 평범히 살아가고 싶어요. 될 수 있다면 사부님도 함께요."

평범하다면 너무나 평범한 꿈.

하지만 어렵기만 한 꿈이었다.

선휘가 백검의 제자가 된 그 순간부터 평범함과는 거리가 멀어져버렸을 테니까.

짧은 생각을 마치고 태현은 먼 바다를 보며 말했다.

"언젠가 그리 될 수 있겠지. 일단 저 사고뭉치들을 내려놓고 나면 무림을 둘러볼 생각이다. 사부님들의 원수를 갚기 위해선 그 흉수는 찾는 것부터 해야 할 테니까."

"단서는요?"

"중요한 것은 없지. 일단 사부님들과 같은 칠성좌의 일인이었던 일권무적(一拳無敵) 황여의에 대해 알아보는 것이 먼저이겠지. 문제는 그 이름조차도 진짜가 아니라는 것이지만."

그 말에 선휘는 고개를 끄덕인다.

사부들과 얽힌 일에 대해선 그녀도 들은 바가 있었다.

다만 태현과 다른 것이 있다면, 이야기를 듣기는 하되 복수에 대해선 생각지 않고 있다는 것이다.

그것은 사부인 백검의 가르침 때문이었다.

처음엔 분명 자신들을 이렇게 만든 그에 대한 복수를 꿈꿨지만 점차 시간이 흐르고 선휘를 키우기 시작하며 복수를 바라지 않게 되었던 것이다.

정확히는 제자인 선휘가 자신들의 일로 인해 끌려 다니는 것을 원치 않았다.

태현 역시 사부들로부터 그런 이야기를 듣기는 했지만 선휘와는 다른 입장인 것이 자신을 위해 사부들이 얼마나 많은 희생을 했는지 알고 있었다.

그런 사부들의 희생을 헛되이 할 수 없었다.

게다가 이미 놈들의 손에 사부들의 희생을 당한 이상 제자 된 입장으로서 손을 놓고 있을 수도 없었다.

이미 같은 하늘에서 함께 살 수 없는 몸이 된 것이다.

그렇게 두 사람이 이야기를 주고받는 사이 배는 빠른

속도로 육지를 향해 움직이고 있었다.

마침내 긴 항해의 끝을 고하고 있는 것이다.

다시 돌아온 진양표국은 겨우 몇 달 없었을 뿐인데, 이전과 비교 할 수 없을 정도로 커져 있었다.

소흥왕부와의 거래뿐만 아니라 곳곳에서 밀려드는 표물들로 인해 정신없이 바빴다.

하루에 움직이는 표물의 양이 태현이 떠나기 전과 비교 할 수 없는 수준이었다. 얼굴을 알지 못하는 표사와 표두들이 가득했고, 일꾼들 역시 무척이나 늘어나 있었다.

"상단이라는 것은 시기를 타면 폭발적인 성장세를 보인단다. 그 성장 속에서 제대로 된 길을 찾을 수만 있다면 흔들리지 않고 더욱 발전 할 수 있는 계기가 될 수 있는 법이지. 지금의 허국주처럼 말이다."

황금충 사부의 말에 태현은 묵묵히 고개를 끄덕이지만 그의 얼굴은 결코 좋지 않았다.

그 짧은 사이 사부의 몸은 상당히 나빠져 있었다.

근래 표국의 일이 늘어나기 시작하면서 도움을 준답시고 자주 밖을 나갔었는데, 그 때문에 탈이 난 것 같다는 것이 허무선의 설명이었다.

"콜록, 콜록!"

"여기 물이 있습니다."

거친 기침을 토해내는 사부에게 재빨리 물을 가져다 먹이는 태현.

이렇게 놓고 보니 황금충의 몸이 얼마나 엉망인 것인지 보인다.

두 다리의 불편함을 제외하곤 아픈 곳이 없다고 생각했었을 정도로 말이다. 두 눈이 보이지 않지만 익숙한 장소에선 마치 보이는 것처럼 생활했던 그 이기에 더욱 그러했다.

"후후, 내가 이런 상태라고 해서 곁에 있을 생각은 하지 말거라. 네 나름대로 해야 할 일이 많을 것인데 다 늙은 내가 발목을 잡고 싶진 않구나."

"사부님께서 건강해지실 때까지만 곁에 있도록 하겠습니다."

"…그래주겠느냐."

"예."

"늙으니 곁에 누군가가 없다는 사실이 지독하게도 와닿는구나. 이럴 때 형제들이라도 있으면 좋겠지만…"

아쉬운 듯 중얼거리며 잠에 빠져드는 황금충.

잠이 든 그의 곁을 한참을 지키다 방을 벗어나는 태현.

2

기다렸다는 듯 시비들이 안으로 들어간다. 허무선이 만약을 위해 배려하고 있음이다.

"어떻게 방법이 없을까, 엄마?"

"으음….."

허유비의 물음에 이예선은 쉽게 대답 할 수 없었다.

하나 밖에 없는 딸이기에 평범한 집안으로 시집가거나 괜찮은 사내를 데릴사위로 들여 집안의 대를 이으려 했었다.

그랬던 딸이 언제 죽을지도 모르는 무림인에게 반했다는 사실이 쉽게 믿기지 않았다.

"정말 그라야 하겠니?"

"응. 내 마음은 벌써 정해졌어요. 어떻게든 그와 함께 하고 싶어요."

"무림인이란 언제 목숨을 잃을지 모르는 자들이다."

"그건 우리 표국도 마찬가지잖아요. 산적들 때문에 언제 죽을 지도 모르고, 한 순간에 망할 수도 있어요."

당돌하게 따져드는 유비를 보며 이예선은 길게 한 숨을 내쉬었다.

어투는 다르지만 과거 자신이 허무선과 이루어지기 위해 아버지에게 했던 말과 크게 다를 것이 없었던 것이다.

'이래서 피는 못 속인다는 것이로구나.'

자신이 결정한 것에 대해 후회 없이 행동하고, 어떤 결과를 가져오든 스스로 감당한다.

자신이 그러했듯 딸 역시 그런 사람으로 자라나 있었다.

"우리 딸이 언제 이렇게 자랐을까? 아직 어린 것만 같은데 말이야."

"헤헤."

말투가 부드러워진 그녀의 말투에 유비는 웃으며 그녀의 품에 안긴다.

품에 안은 유비의 등을 쓰다듬으며 속삭이듯 이예선은 말했다.

"네가 택한 것이니 깊이 관여하진 않으마. 하지만 어떤 결과가 나오더라도 네가 책임을 져야 한단다."

"응! 알고 있어요."

"문제는 네 아비로구나. 팔불출 같은 그 성격에… 아무리 그가 상대라 하더라도 쉽게 승낙을 하지 않을 것이야."

"헤헤헤, 그러니까 엄마가 도와줘요. 그 사람은 언젠가 무림 전체를 호령할 사람이 될 거예요. 다른 건 몰라도 사람을 보는 눈만큼은 정확하잖아요. 그때가 되서 잡으려고 한다면 너무 늦어요."

콩!

당당한 허유비의 말에 그녀의 머리에 딱 밤을 놓은 이예선이 자리에서 일어섰다.

"그래, 도와주마."

"고마워요, 엄마!"

환하게 웃는 허유비의 미소가 눈이 부셨다.

"귀주 쪽의 정세가 불안한데…."

"하지만 이번 표물을 의뢰한 곳이…."

국주인 허무선이 얼굴을 찡그리자 의뢰를 가지고 온 양 총관이 곤란한 듯 고개를 내젓는다.

귀주의 정세가 나쁘다는 것은 이미 어느 정도 상인이나 표국에 잘 알려져 있는 사실이다. 아직 정보조직이 체계적이지 못한 진양표국도 알고 있을 정도로 말이다.

어지간하면 이럴 땐 그쪽으로 가지 않는 것이 상책인데 문제는 이번 일을 의뢰한 사람이 오랜 시간동안 진양표국과 거래를 해온 사람이란 것이 문제였다.

표국이 힘들 때 도움을 주었던 사람이니 이번 의뢰를 거절 할 수 없었던 것이다.

그렇기에 양 총관이 나서서 움직이고 있는 것이고.

보통의 의뢰였다면 총관의 손에서 처리가 되고도 남음이 있었다.

"후… 인력은 얼마나 남았나?"

"의뢰를 받아들인다면 움직일 수 있는 표두는 모두 셋입니다."

"셋이라면 표사는 총 육십이 되는 것인가?"

"예."

이번에 육좌 선생인 황금충의 가르침에 따라 허무선은 표국의 체계를 손보았는데, 그 대표적인 것 중 하나가 바로 표두 한 사람이 스물의 표사를 이끈다는 것이었다.

그들을 하나의 대(隊)로 엮어서 손발을 맞추도록 하고, 표국으로서도 일의 배정을 쉽게 만든 것이다.

처음엔 어색했지만 곧 빠른 속도로 손발이 맞아 들어가며 진양표국이 성장하는데 큰 도움을 주었다.

"표물의 양을 생각하면 숫자는 그 정도면 되겠는데, 문제는 고수의 숫자로군."

"일검이도 두 분을 보내는 것이 어떻겠습니까? 그렇지 않아도 휴식을 끝내고 움직이실 때가 되었습니다."

"그런가?"

총관의 보고에 반색을 하는 허무선.

현재 진양표국에서 가장 믿을 수 있는 고수를 꼽으라

면 일검이도의 두 사람인 탓이다.

"거기에 그놈도 엮어서 보내도록 하지."

"그놈이라 하시면 남궁공자를 말씀하시는 것입니까?"

"공자는 무슨? 세가에서 쫓겨난 놈이니 그놈으로 충분해!"

완강한 허무선을 보며 양 총관은 속으로 웃었다.

그럴 수 없다는 것을 알면서도 저리 말하는 것에는 남궁연호가 딸인 허유비의 곁을 맴돌고 있다는 것 때문이리라.

"그분이라면 충분히 큰 힘이 되어 줄 것이라 생각은 합니다만, 움직이겠습니까? 일전에도 아가씨가 움직이자 바로 따라갔던 것으로 기억을 합니다만? 덕분에 다른 호위가 붙지 않아도 되긴 했었지만…."

"밥빌어 먹고 살고 싶으면 가야지!"

쾅!

책상을 내려치며 당장 불을 뿜을 것 같이 눈을 크게 뜬 허무선을 보며 양 총관은 긴 한숨을 내쉬었다.

"하아…."

남궁연호에게 허무선의 명령을 전달하자마자 그의 입에서 나온 말은 양 총관의 생각대로였다.

"싫습니다!"

"…이건 명령이네. 표두도 아니고, 일개 표사에 불과한 자네가 국주님의 명을 어길 생각인가?"

"전 그녀, 아니 아가씨의 호위입니다. 호위가 호위대상을 두고 어디로 간단 말입니까!"

당당하게 소리치는 그를 향해 양 총관은 단칼에 잘라 말했다.

"자네에게 아가씨 호위를 명한 적이 없네. 공식적으로 아가씨의 호위도 없고."

"……"

"이번 일을 맡지 못하겠다면 본 표국에서 쫓아내겠다는 국주님의 말씀이 있으셨네. 정 자네가 하기 싫다면 그대로 보고를 하겠네만?"

"…하겠습니다."

"잘 안 들리는군."

"하면 되잖습니까! 어딥니까!"

이를 악물며 소리치는 남궁연호를 보며 양 총관은 웃으며 대답했다.

"귀주의 사령문(邪靈門)이란 곳이네."

표두와 표사가 육십에 일꾼들까지 백이 넘는 대규모

인원이 귀주로 표행에 나섰다.

어마어마한 물량의 물건들과 함께.

규모가 커진 진양표국이기에 이런 대규모 표행을 어렵지 않게 준비를 할 수 있었던 것이지, 그렇지 않았다면 결코 쉬운 일이 아니었을 것이다.

현재 항주에서 이 정도 규모의 표행을 며칠 안으로 준비 할 수 있는 곳은 팔황, 천라, 진양의 세 표국 밖에 없을 정도였다.

"사령문이라는 곳은 도통 처음 들어보는 곳인데 대체 어디에 있는 겁니까?"

표행을 나서고 항주를 벗어나자마자 표행의 중앙에 위치해 있어야 할 남궁연호가 선두에 서 있는 일검이도에게 다가와 물었다.

보통 표사나 표두가 정해진 위치를 벗어나는 것은 표행에 있어 결코 있어선 안 될 일이지만 남궁연호 정도 되는 실력자에겐 관계없는 일이었다.

일이 생긴다면 단숨에 자신의 위치로 돌아 갈 수 있으니까.

"이번에 귀주에 새로 개파 준비를 하고 있는 문파라 하더군. 비싼 물건들을 항주의 상단에 의뢰했던 모양이라 우리가 움직이게 된 것이지."

"흠… 그렇군요. 사령문이라는 이름을 봐선 사파의 문파 같은데 의외로군요."

"그렇지. 사파에 속한 문파들 중에 이만 한 돈을 들여서 개파를 한 곳은 손에 꼽을 정도이니."

표물을 안전하게 이송해야 하는 입장이기에 이 자리에 있는 표두와 표사들은 물건이 무엇인지 잘 알고 있었다.

그렇기에 이런 이야기를 할 수 있었다.

남궁연호의 직책은 표사이지만 그가 가지는 이름의 위력은 대단한 것이기에 표두인 일검이도라 하더라도 그를 쉽게 대할 수 없었다.

그나마도 일검이도 정도 되니 말을 섞을 수 있는 것이지, 다른 표두들은 그를 보면 피해 다닐 정도였다.

칼밥을 먹고 사는 자들에게 있어 남궁이란 이름은 그만큼 무시하기 어려운 것이었다.

무공의 고하를 넘어서 말이다.

길게 늘어진 일행들.

곳곳에서 휘날리는 진양표국의 깃발은 주변 사람들에게 이것이 진양표국의 표행이란 사실을 잘 알려 준다.

뿐만 아니라 산적 따위들에게도 진양표국임을 알려 쉬이 접근하지 못하도록 하는 역할도 가지고 있었다.

어지간한 규모의 표국이라면 산적들 정도는 어렵지 않게 제압 할 수 있는 힘을 가지고 있기에, 산적들이 알아서 피하는 것이다.

물론 예외가 있긴 했지만 그들은 정해진 영역을 잘 벗어나질 않는다.

적어도 이번 표행에 그들의 영역을 지나가진 않는다.

표물의 양 때문에 일행의 길이가 길어지긴 했지만 이런저런 이유들을 생각한다면 안전한 표행이라 생각해도 과언이 아니었다.

'문제는 귀주에 들어서고 나서부터인가.'

표행을 떠나기 전 허무선이 일검이도 두 사람을 불러 귀주에 들어서게 되면 항시 조심해야 한다고 단단히 일렀다.

국주가 나서서 이야기를 해야 할 정도라면 귀주에서 무슨 일이 벌어질지 모르니 긴장해야 할 터였다.

'그래도 다행이라면 다행인가?'

남궁연호를 보며 속으로 안심하는 일검.

다른 것은 몰라도 그 실력만큼은 진짜인 남궁연호기에 만약의 사태가 벌어진다면 그가 나설 것이었다.

그 이유 하나만으로도 마음이 든든해지는 일검이었다.

독안혈검이 문파를 세운다는 소식은 순식간에 무림 전체에 퍼졌다.

그렇지 않아도 협행검을 꺾으며 유명세를 올리며 주목받던 그이기에 소문이 퍼지는 것은 어려운 일이 아니었다.

문제는 그에 호응하는 자들이었다.

근래 무림에서 두각을 드러내던 사파의 무인들이 독안혈검에게 동조하며 이동을 시작한 것이다.

문파라는 것은 한 사람이 아무리 강하다 하더라도 쉬이 만들어지기 어렵다. 아니, 만들어진다 하더라도 오래가기 힘든데 지금 독안혈검이 세운다는 문파는 처음부터 그 분위기가 심상치 않았다.

구심점이 없었던 사파무인들이 하나 둘 뭉치기 시작하자 그 규모가 어마어마했던 것이다.

그에 더욱 주목받는 시점에서 독안혈검의 선언에 무림이 더욱 시끄러워졌다.

"사령문의 개파대전을 벌이겠다! 참석하고자 하는 이는 누구든 오라!"

사령문이란 이름이 처음으로 드러나는 순간이기도 했고, 새로 개파 할 문파에 대한 자신감이 크게 드러나는 대목이기도 했다.

개파식도 아니고 대전을 벌이겠다는 것은 그만큼 자신 있다는 소리였으니까.

아무리 독안혈검이 유명세를 얻었다 하더라도 그것은 무리라는 소리들이 있었지만, 얼마 뒤 사령문이 세워지고 있는 곳으로 몰려드는 사파인들을 보며 그런 소문은 빠르게 사라졌다.

귀주의 여경(余慶)에 자리를 잡고 세워지는 사령문의 규모는 엄청난 것이었다.

산 하나를 통으로 사용하려는 듯 담벼락의 규모만 하더라도 어마어마한 수준이었고, 그 안에서 지어지고 있는 전각들 역시 규모가 크고 화려했다.

겨우 몇 달 만에 이만한 건물을 만들기 위해 얼마나 많은 재원이 들어간 것인지 알 수 없을 정도다.

"드디어 공사가 끝나가는군."

가장 화려하고 높은 곳에 위치한 전각의 난간에 기대어 독안혈검이 미소 짓는다.

별호처럼 안대로 잃어버린 눈을 가린 그의 온 몸에는 선명한 상처들이 가득했다.

가만히 서 있기만 해도 야생의 기운이 넘실거리는 그.

똑똑.

"문주님, 열기입니다."

"들어와라."

문을 열고 들어온 것은 키는 크지만 비쩍 마른 사내였다. 툭 건드리면 부러질 것만 같은 그이지만 독기가 바짝 오른 두 눈은 쉽게 접근하지 못하게 만드는 효과가 있었다.

독봉쌍검 이하경이란 자로 소검 두 자루를 이용한 공격이 일품인 자였다. 긴 팔을 적극 이용한 그의 공격은 괴기하기 이를 데 없어 쉬이 대처하기 어려운 부분이 있는 자였다.

무림에서도 제법 이름을 얻은 그가 사령문에 합류했을 것이라곤 누구도 예상치 못한 일이었지만, 정작 그는 익숙한 듯 독안혈검을 문주라 부르고 고개를 숙이고 있었다.

"이달 안으로 공사가 끝날 것이란 보고가 있었습니다. 문주님 말씀처럼 돈이면 안 되는 것이 없더군요."

"반대로 말하면 돈이 없었다면 문파를 여는 것 자체가 불가능한 일이지."

"그렇긴 하지요. 그보다 앞으로 어찌하실 생각입니까?

  2

밀려드는 사파 무인들 전부는 받아들일 수는 없는 일이지 않습니까?"

"하경이 네 말이 맞다. 허나, 사파의 미래를 위해 일어선 우리가 저들 모두를 내치는 것도 옳은 일이 아니지 않느냐."

그의 말에 이하경은 잠시 고민하더니 입을 열었다.

"문주님께서 알아서 하시겠지만, 저들 모두를 받아들였다간 문파가 제대로 일어서기도 전에 무너질 겁니다. 지금도 하루에 들어가는 돈의 규모가 엄청납니다. 솔직히 묻지 말라하지 않으셨다면 이 많은 돈을 어디서 가져오는 것인지 벌써 물어도 물었을 것입니다."

"후후후, 비밀은 비밀로 남아야 재미있는 것이지. 그저 넌 네가 할 수 있는 최선을 다하면 되는 것이다."

"당연히 그리하겠습니다만… 뭐, 알겠습니다. 그보다 유령문의 일은 어찌하실 생각입니까? 일단 저희 문파가 힘을 발휘하기 위해선 유령문을 제압할 필요가 있어 보입니다만?"

이하경의 말은 옳았다.

새로 시작한 사령문의 힘을 보여기 위해서라도 한 번은 움직일 필요가 있었다.

그런 의미에서 유령문은 최적의 상대였다.

귀주의 터줏대감일 뿐더러 사소한 악연도 있는 곳이니, 명분이 없는 것도 아니었다.

결정적으로 사령문이 문파로서의 제 기능을 한다는 것을 보여주기 위해서라도 유령문은 좋은 상대가 되어 줄 것이다.

"조만간 움직여 보자. 기왕이면 개파식 날 아침이 좋겠구나."

"그럼 그리 알고 준비하도록 하겠습니다."

고개를 숙이고 방을 빠져나가는 이하경을 보며 독안혈검은 웃었다.

사적으로 자신의 의동생이 되는 녀석인데 문파를 세운 이후 단 한 번도 편하게 형님이라 부르지 않았다.

문파의 기강을 위해서.

그런 부분에서 고지식한 부분이 분명 있지만 그것을 제외하더라도 이하경은 뛰어난 인재였다.

지금의 사령문의 기초를 세우고 만든 것도 바로 그였다.

'녀석이 없었다면 이 짓을 할 필요도 없었겠지.'

시선을 돌려 멀리 산 능선을 따라 떨어져 내리는 붉은 태양을 바라보는 그.

"제법 경치가 좋군."

갑작스레 들리는 말에 깜짝 놀라면서도 재빨리 뒤돌아서며 부복을 하는 독안혈검.

사령문주인 그가 사령문 안에서 누군가에게 부족을 한다는 이해 할 수 없는 일이 벌어졌으나, 정작 모습을 드러낸 자는 당연하다는 받아들이며 앞으로 나선다.

천천히 드러나는 그의 모습.

녹의(綠衣)를 입은 그의 모습은 어딘지 모르게 병약해 보이는 인상을 주지만 정작 그를 아는 사람들은 절대 그를 약하게 보지 않았다.

일단 손속을 쓰면 상대가 죽을 때까지 가지고 놀다가 죽이는 잔인한 습성 때문이었다.

그것을 알기에 그가 나타난 순간부터 독안혈검의 이마에는 식은땀이 잔뜩 흐르고 크게 긴장하고 있었다.

녹영은 난간 근처에서 주변을 둘러보며 사령문의 규모와 화려함에 크게 만족했다.

"이 정도라면 차후에 충분히 내가 사용 할 수 있겠군."

"마음에 드신다니 다행입니다. 필요한 것이 있으시다면 지금이라도 추가를 하도록 하겠습니다."

"저쪽에 연못을 만들고 정자를 세워라. 풍류를 즐기기 좋아보이는 구나."

녹영의 말에 재빨리 고개를 들어 위치를 확인한 독안혈검이 다시 고개를 숙인다.

"즉시 공사에 착수하도록 하겠나이다."

"좋아. 그럼 보고를 받아 볼까?"

털썩.

자신의 방이라도 되는 듯 편한 자세로 앉은 그에게로 엎드린 채 방향을 돌린 독안혈검은 그동안의 일을 빠르게 보고하기 시작했다.

"흐응… 생각보다 별 것 없네?"

"그, 그렇습니다."

보고를 들은 녹영의 시원찮은 반응.

하지만 독안혈검은 쉬이 숨조차 쉴 수 없었다. 어느 사이에 녹영의 몸에서 강렬한 기운이 흘러나와 자신을 자극하고 있었다.

강렬한 공포가 다시 한 번 몸에 새겨진다.

과거 지금의 자신이 있는 자리를 두고 수많은 아이들이 싸웠었다. 그 싸움에서 승리한 것이 자신이었고.

그때 독안혈검은 보았다.

패배한 자들이 어떻게 죽어가는 지.

그때와 조금도 달라진 것이 없는 녹영의 모습을 보는 것만으로도 두려움에 빠지는 것은 어쩌면 당연한 일이었다.

"이번 일을 잘 처리한다면 상을 주지."

"최선을 다하겠나이다!"

"그래, 그래야지."

스스슥.

웃음과도 같은 그의 말과 함께 조용히 사라지는 녹영.

그가 사라지고도 근 반 시진을 엎드려 있던 독안혈검
이 창백한 얼굴로 일어선다.

온 몸에 땀이 가득한 것이 얼마나 그가 긴장하고 있었
던 것인지 알려준다.

"후우…."

긴 한숨을 내쉰 그는 재빨리 수하를 불러 녹영이 지정
한 곳에 연못과 정자를 만들 것을 지시했다.

한창 만들어지고 있는 사령문이기에 크게 이상할 것이
없는 지시였고, 얼마 지나지 않아 즉시 사람들이 투입되
어 공사가 시작되었다.

사령문이 그 기세를 드높이며 개파 준비를 서두르고
있을 때 본래 귀주의 터줏대감이었던 유령문에선 연신 대
책회의가 벌어지고 있었다.

하지만 언제나 회의의 끝은 결론이 나질 않는다.

어쩔 수 없는 일이었다.

독안혈검에 필적 할 수 있는 고수가 유령문엔 존재치 않는다. 그 사실 하나만으로도 유령문으로선 쉬이 움직일 수 없었다.

그렇다고 인원의 숫자로 압박을 하자니, 사령문으로 몰려들고 있는 사파 무리의 숫자가 어마어마했다.

하루에도 몇 번씩 올라오는 보고를 보고 있으면 기가 질릴 정도였다.

그렇게 유령문이 전전긍긍하고 있을 때 항주의 진양표국은 한 바탕 난리가 난 상태였다.

"허! 그 중요한 물품을 이제와 잊고 있었다면 어쩌자는 것이오!"

"미, 미안하오. 허국주. 뒤늦게 들어온 주문품이었는데 나도 그렇고 다들 바빠서 깜빡했던 모양이오."

허무선의 앞에서 쩔쩔매는 중년인은 이번에 귀주로 향한 표물들의 의뢰주인 장양상단의 상단주로 물품이 출발하고도 한 참의 시간이 지나서야 잊은 물건이 있다며 찾아온 것이다.

"내 돈은 얼마든 낼 터이니 어떻게 안 되겠소? 상단의 신용이 걸려있는 문제요. 내가 어딜 가서 이런 부탁을 하겠소이까!"

"허… 이것 참."

거듭되는 그의 부탁에 결국 허무선은 승낙을 하는 수밖에 없었다.

어차피 받아들인 의뢰였으니 이제와 어렵다고 뺄 수도 없는 문제인 것이다.

'그 두 사람이라면 가능하겠지.'

물론 믿는 구석이 있기에 가능한 일이었다.

"그러니까 이걸 먼저 출발한 사람들에게 전달하면 되는 것입니까?"

"부탁하네."

고개까지 숙여가며 부탁하는 허무선을 보며 태현은 어쩔 수 없다는 듯 고개를 끄덕였다.

"알겠습니다. 하지만 이번 일을 마지막으로 표국의 일에서는 손을 떼도록 하겠습니다. 이해하시겠지요?"

"물론이네. 사실 이번 일이 아니었다면 결코 귀찮게 하지 않았을 것이네. 무공의 고수인 자네가 아니라면 결코 해낼 수 없으니 염치불구하고 부탁하는 것이네."

이미 앞서 출발한 일행과 거리차이가 어마어마하기에 합류하기 위해선 말을 달리는 것만으로는 부족했다.

다시 말해 무공의 고수인 태현이 경공으로 달려가야 한다는 것이다. 그렇지 않는다면 이번 일 자체가 실패로 끝날 확률이 아주 높았다.

"제가 없는 동안 사부님을 잘 부탁드립니다."

"그렇지 않아도 몸에 좋다는 약재들을 준비했다네. 자네에게도 사부님이 되겠지만, 내게도 중요한 분이시네. 자네가 아니더라도 내가 해야 할 일이라네."

자신의 가슴을 두드리며 장담하는 허무선을 보며 태현은 자리에서 일어섰다.

급한 일이니 만큼 당장이라도 출발하는 것이 좋을 것 같았다.

움직이려는 태현에게 재빨리 물건과 함께 노잣돈이 가득 든 주머니를 건네는 허무선.

"잘 부탁함세."

"돌아올 때는 특별한 일이 없는 한 앞선 일행과 함께 오겠습니다."

"좋을 대로 하시게."

그 말을 끝으로 태현은 몸을 날렸고, 어느새 그 뒤를 선휘가 바짝 쫓는다.

딱히 말을 한 것도 아닌데 말이다.

그때였다.

"어? 아빠!"

"응? 네가 여긴 웬일이냐?"

"그보다 방금 오라버니가 어디로 가신 거예요?"

태현이 움직이는 모습을 보았던 것인지 묻는 딸에게 허무선은 웃으며 답했다.

"이 녀석. 오라버니가 뭐냐!"

"그렇다고 대협이라고 할 순 없잖아요?"

"뭐, 그것도 그런가? 어쨌건 급한 물건이 들어와서 귀주로 향했다. 뒤늦게 잊은 물건이 있… 응? 왜 그러느냐?"

"아빠는 바보!"

갑자기 소리를 치곤 돌아서 달려가는 딸을 보며 허무선은 도통 이유를 알 수 없었다.

휘휘획!

한 걸음에 수장의 거리를 박차며 빠른 속도로 이동을 시작하는 태현의 곁에서 선휘가 용케도 속도를 유지하며 따라 붙는다.

"넌 돌아가."

"괜찮아요."

벌써 몇 번째 이어지는 대화에 머리를 흔들며 결국 태현은 함께 움직이는 것으로 결정했다.

"발끝으로 땅을 차지 말고 발바닥 전체로 땅을 밀듯이

움직이는 편이 내공의 소모도 덜하고 움직임도 자유롭다. 만약의 사태가 벌어져도 몸에 무리를 주지 않으니 될 수 있으면 교정을 하는 것이 좋겠다.”

“예, 사형.”

태현의 조언에 움직이면서도 연신 자신의 움직임을 교정하려는 선휘를 보며 태현은 웃었다.

그런 그녀를 위해 속도를 조금 늦춘 것은 기본이었다.

머리가 좋고 습득력이 빠른 선휘이기에 오늘이 가기 전에 자신이 말한 것을 완전히 자신의 것으로 만들 수 있을 것이었고, 그때 가서 속도를 높여도 될 일이다.

오히려 그러는 편이 훨씬 더 빠르게 움직일 테고 말이다.

그렇게 두 사람이 관도를 벗어나 거의 일직선으로 귀주를 향해 움직이기 시작했다.

†

“오빠, 다음에 또 들리셔야 해요!”

“으하하하! 그래! 다음에 보자고!”

도시를 떠나는 표행의 후미에서 여인들의 외침에 웃으며 응답하며 움직이는 남궁연호.

230

그의 모습에 표두, 표사 가릴 것 없이 한숨을 내쉰다.

오랜만에 유곽에서 논 것은 좋은데 어째서 모든 인기는 그가 가져간단 말인가.

돈은 나눠서 내고 재미는 남궁연호 혼자만 본 것 같았다.

"흠… 아가씨에게 오늘의 일을 자세히 이야기해야 하겠군."

"헉! 그러는 게 어딨습니까! 오늘의 일은 죽을 때까지 입 다물어 주시기로 했잖습니까!"

이곳까지 오는 동안 꽤 친해진 일검의 말에 남궁연호가 급히 손을 흔들며 항변한다.

"돈은 우리가 내고 자네 혼자 재미 봤으면 됐지, 뭘."

아무렇지 않은 척 이도가 옆에서 말을 하자 거의 동시 고개를 끄덕이는 표두, 표사들.

어젯밤 유곽에 놀러간 사람들은 하나 같이 얼굴 표정이 그리 좋지 않았다. 반대로 가지 않은 사람들은 당장에라도 웃음을 터트릴 것 같았지만.

"뭐가 어찌되었건 이젠 귀주네. 귀주의 정세가 그리 좋지 않다고 하니 다들 주의를 기울여야 할 것이네. 아무래도 좋지 않은 물건을 맡은 모양이니."

일검의 이야기에 모두들 긴장된 얼굴로 고개를 끄덕인다.

이곳까지 오는 동안 다들 사령문에 대한 소문을 들은 것이다. 뿐만 아니라 유령문과 마찰을 일으키고 있다는 것까지.

자신들이 가져가는 물품을 생각하면 분명 개파식에서 쓰일 것들이 분명했고, 적대적 문파인 유령문이나 다른 곳에서 방해가 들어 올 수도 있는 일이다.

그렇게 긴장을 하며 진양표국이 귀주에 들어섰다.

"꼭 이렇게까지 할 필요가 있습니까?"

수하의 물음에 귀주혈겸은 당연하다는 듯 고개를 끄덕였다.

"지금까지 유령문과의 마찰이 있었던 것은 사실이지만 본격적으로 나서기엔 그 명분이 약한 것도 사실. 이번 일은 그런 명분을 완벽하게 만들어 줄 기회다."

"그렇기야 합니다만, 괜찮겠습니까?"

일을 저지르고 나면 어쩔 수 없이 그 흔적이 남는데, 무공의 특성이 고스란히 드러나게 된다.

아무리 사령문에서 딱잡아 땐다 하더라도 결정적인 증거라도 나온다면 반대로 궁지에 몰릴 수도 있는 것이다.

그런 수하의 걱정을 비웃기라도 하듯 귀주혈겸이 자신의 독문무기인 겸 대신 손에 든 검을 들며 이야기했다.

"넌 이게 뭘로 보이냐? 그리고 넌 뭘 들었냐? 우리 정도 되는 실력으로는 다른 무기를 사용하는 것만으로도 그 흔적을 찾기 어려워진다고. 다시 말해서 우리만 입을 다물면 아무도 모른다는 것이지."

"그, 그런 겁니까?"

"그런 거지. 넌 설마 윗분들이 바보라서 이런 일을 꾸미는 줄 아는 거냐?"

"그런 것은 아니지만 불안하지 않습니까?"

"쯧쯧쯧."

수하의 칭얼거림이 마음에 들지 않는 듯 혀를 차며 귀주혈겸은 자신의 뒤에 늘어선 수하들에게 이야기했다.

"이번 일만 성공하면 무림에서 무시당했던 우리 사파의 위세가 크게 오르게 된다! 사령문의 위대한 발걸음의 그 첫걸음에 우리가 있는 것이란 말이다! 게다가 이번 일에서 나올 물건들은 알아서 처분해도 된다는 명이 있었으니 네놈들이나 나나 주머니가 그득해지는 것은 당연지사가 아니겠냐. 이제와 발 빼고 싶은 놈들은 빼도 좋다!"

"무슨 그런 말씀을!"

물건을 마음대로 처분해도 좋다는 이야기가 나오자 눈에 띄게 달라지는 눈빛에 귀주혈겸도 피식 웃었다.

"누가 사파 새끼들 아니랄까봐. 그보다 오는 모양이로 군."

멀리서 신호가 보내져 오자 웃으며 수신호를 보낸다.

다그닥, 다각.

길게 이어진 마차의 행렬이 숲을 앞두고 멈춰 선다.

표물을 안전하게 운송해야 하는 입장인 그들이기에 조심스레 움직이려는 것이다.

그것을 증명하기라도 하듯 몇몇의 표사들이 앞으로 달려 나가며 길을 확인한다.

잠시 뒤 표사들이 무사히 돌아와 아무것도 없음을 확인하고 나서야 다시 마차가 움직이기 시작했다.

덜컹, 덜컹!

마차 위에 누워 시간을 죽이는 남궁연호.

모두와 어느 정도 친해지긴 했지만 여전히 남궁연호는 어떤 보직도 맡질 않고 있었는데, 일행 중 최고수였기에 어쩌면 당연한 대우였다.

만약의 경우 가장 먼저 나서서 싸워야 하는 입장이니 평소엔 모든 일에서 빼주는 것이다.

그렇게 숲에 반쯤 들어갔을 때였다.

벌떡!

"적이다!"

누워있던 남궁연호가 급작스레 일어서더니 크게 외쳤고, 그 순간 표두와 표사들이 재빨리 주변을 경계하고 일꾼들은 마차 밑으로 숨어 들어간다.

"위다!"

남궁연호의 말이 떨어지기 무섭게 위에서 암기들이 비가 오듯 쏟아진다.

"아악!"

"크헉!"

"숨어라!"

명령이 떨어지기 무섭게 재빨리 마차 밑으로 피하는 표사들. 실력이 되는 이들은 빠르게 무기를 들어 암기를 쳐냈으나 그 짧은 틈에 수명의 표사들이 죽임을 당했다.

그때였다.

"이놈들!"

남궁연호가 괴성을 지르며 앞으로 나섰다.

어느새 뽑혀 나온 그의 검에서 강렬한 기세가 피어오른다 싶더니 숲으로 어마한 양의 검기를 발출한다!

쾌쾅—! 쾅!

우지직. 우직!

꿍음과 함께 나무가 부러지는 소음이 들려오고 비릿한 혈향이 피어오른다.

더 이상 암기가 날아들지 않자 마차 밑으로 피신했던 표사들이 재빨리 밖으로 나와 표물과 인부들을 지키기 위해 자리에 선다.

스슥, 슥.

천천히 모습을 드러내는 사람들.

그 숫자가 급속도로 늘어나더니 금세 포위를 한다.

갑작스런 상황에서도 꾸준히 한 훈련이 통한 것인지 자세를 흐트러트리지 않은 표사들.

"누구냐! 진양표국의 기가 보이지 않느냐!"

일검이 앞으로 나서며 외치지만 놈들에게선 아무런 반응이 없다.

으득!

그에 반대로 크게 긴장하며 물러서는 일검.

이런 식으로 아무런 반응이 없다는 것은 놈들의 목적이 단순히 표물에 있는 것이 아니란 반증이었다.

오랜 경험을 통해 일검은 그런 사실을 잘 알고 있었기에 뒤로 물러서며 수신호를 보내 모두에게 뜻을 전달했다.

그에 각자의 무기를 다시 점검하며 긴장감을 끌어올리

는 표사들.

그렇게 긴장감만 높아져가고 있을 때 먼저 움직인 것
은 남궁연호였다.

'시간을 끄는 것은 절대적으로 불리하다.'

빠르게 판단을 내린 그는 가장 강한 적들이 몰려 있는
정면을 향해 뛰어들었다.

어차피 자신이 없어도 방어를 하는 데는 문제가 없을
터다.

그렇다면 공격에만 신경 쓰면 되는 것이다.

"쳐라!"

달려드는 남궁연호를 보며 누군가가 소리쳤고 그 순간
격렬한 싸움이 시작되었다.

크아아악!

남궁연호의 검이 어지럽게 움직인다.

탕검이란 우습지도 않은 악명을 얻은 그이지만 남궁세
가 최고의 기대주로 불렸던 그 실력에 모자람은 조금도
없었다.

그의 존재를 몰랐던 것이 이번 일을 책임진 자의 결정
적인 실수라 할 수 있을 터였다.

휘휙!

어렵지 않게 작은 개울을 뛰어넘은 태현과 선휘가 빠른 속도로 산을 오르더니 정상에서 멈춰 선다.

잠시 주변을 살피며 방향을 확인한 태현이 품에서 지도를 꺼내 길을 확인하는 동안 선휘는 빈 수통에 물을 채워왔다.

일련의 행동이 매끄럽게 이루어지고 다시 몸을 날리는 두 사람.

최소한으로만 마을에 들리고 거의 직선으로 움직인 덕분에 두 사람은 벌써 귀주의 초입이자 호남의 서쪽 끝자락에 도달 할 수 있었다.

보통 사람이었으면 엄두도 내지 못했을 거리를 단시간에 달려온 것이다.

"내일은 따라 잡을 수 있겠어. 합류하고 나면 쉬도록 하자."

"예, 사형."

태현의 이야기에 동의한 선휘.

여인으로서 제대로 씻고 싶을 텐데도 그런 내색을 하나도 보이지 않는 선휘가 고마운 태현이었다.

사실 이렇게까지 서둘러 움직이지 않아도 사령문에 먼저 간 일행을 따라잡을 수 있을 것 같지만, 이상하게 불안한 생각에 서둘러 움직이고 있는 태현이었다.

이유는 알 수 없지만 좋지 않은 기분이 들었던 것이다.

다만 빠른 속도로 이동을 하는 와중에도 알 수 있었던 한 가지는 귀주의 상황이 생각보다 더 나빠질 수 있겠다는 것이었다.

곳곳에서 귀주로 향하는 무인들을 볼 수 있었던 것이다.

"무림인들이 대거 움직이는 데엔 다 이유가 있는 법이고, 그 끝에 무엇이 있을 지는 누구도 모른다. 하지만 분명한 것은 무림인이 모인 곳에서 피를 보지 않은 적은 없다는 것이다. 무림에 나가거든 너 역시 그런 상황을 염두에 두고 조심해야 할 것이다."

천기자 사부의 가르침이다.

그렇지 않아도 정세가 나쁜 귀주로 무림인들이 몰려들고 있다는 것은 결코 좋은 일이 아니었다.

최대한 빨리 표행을 마치고 귀주를 빠져나오는 것이 좋았다.

본래라면 무사히 물건을 건네고 나면 그곳에서 충분한 휴식을 취한 후, 같은 목적지의 물건이 있다면 맡아서 돌아오곤 했지만 이번만큼은 예외였다.

"아무래도 무림이 시끄러워지겠군."

불길한 예감이었다.

"뭐, 실패?"

다급히 달려온 수하의 보고에 독봉쌍검 이하경의 얼굴이 일그러진다.

이번 일을 위해 무려 백에 달하는 수하들을 비밀리에 보냈던 이하경이었기에, 일이 실패할 것이라곤 조금도 생각지 않았었다.

"표사들 중에 비정상적으로 강한 놈이 있었습니다! 그의 손에 귀주혈겸님께서 일수에 죽임을 당했습니다."

"일검에?"

그말에 살짝 놀라는 이하경.

귀주혈겸이 비록 귀주 안에서만 유명하다곤 하지만 그 실력은 부족함이 없는 자였다.

그런 자를 일수에 당했다면 분명 보통 놈이 아닐 터였다.

"어느 표국이라고 했지?"

"진양표국이라고 합니다."

"…당장 진양표국에 대해 알아보고, 이번 표행에 참여한 자들에 대한 신상까지 전부 파악해!"

"명!"

고개를 숙이고 방을 빠져나가는 수하.

홀로 남게 되자 머리가 아픈 듯 손가락으로 이마를 꾹꾹 누르는 이하경.

"너무 쉽게 생각한 것인가."

그의 말처럼 이하경은 이번 일을 쉽게 생각했다. 아무리 흔적을 남기지 않기 위해 실력이 떨어지는 자들을 보냈다곤 하지만 무공을 익힌 무인들이다.

표사들보다 월등히 나은 전력인 것이다.

그런 전력으로 실패했다는 것은 여러 가지로 그의 머리를 복잡하게 만들 수밖에 없었다.

얼마 있지 않아 진양표국에 대한 정보가 올라왔고, 그것을 본 이하경의 얼굴이 창백해진다.

그리곤 재빨리 문주인 독안혈검이 있는 곳을 향해 뛰었다.

"혀, 형님!"

쾅!

문을 부수다 시피 들이닥친 이하경의 모습에 화를 내기보단 무슨 일인지 묻는 독안혈검.

평소 냉정하기만 한 그가 이리 당황해서 움직이는 것을 보면 필시 보통 일이 아닐 것이라 판단한 것이다.

"크, 큰일 났습니다!"

"침착하게 말해라. 그렇게 말하면 누가 알아듣느냐!"

"죄, 죄송합니다."

"됐다. 무슨 일이냐?"

그 물음에 이하경은 떨리는 손으로 재빨리 보고서를 그에게 건넨다.

"이게 대체 뭐기에 이리…!"

내용을 읽어가던 독안혈검의 얼굴이 빠르게 굳는다. 뿐만 아니라 빠른 속도로 눈을 굴려가며 보고서의 내용을 단숨에 읽어내려간다.

"…이번 계획에 연루된 것이 진양… 표국이더냐?"

"그, 그렇습니다. 거리가 멀다보니 진즉에 알아차리지 못한 것 같습니다."

으득!

이하경의 말에 입술을 곱씹는 그.

이것은 이하경의 잘못은 아니었다. 물론 꼼꼼하게 확인하지 못한 것은 사실이지만 다른 누가 이번 일을 맡았어도 같은 결과가 벌어졌을 것이 분명했다.

"하필이면 마룡도제라니…!"

진양표국의 뒤에 마룡도제가 있다는 사실은 무림에 어느 정도 잘 알려진 사실이었지만, 그동안 자신들의 일에

242

바빠 소문을 들을 수 없었던 그들이기에 호되게 당한 것
이다.

"미치겠군."

第 8 章.

乱劍武林 난검두림

第 8 章.

"형님, 아니 문주님이 꼭 나서야 하는 일입니까?"

"그럼 이번 일을 책임지고 해결할 사람이 나 말고 또 누가 있다고 보느냐?"

"…죄송합니다."

고개를 숙이는 이하경의 어깨를 두드려 기운을 북돋아 준 독안혈검은 자리에서 일어섰다.

"다행인 것은 마룡도제가 보이질 않는다는 것이다. 그 말은 이번 일을 증거 없이 빠르게 처리 할 수 있다면 제 아무리 오제의 일인이라 하더라도 쉽게 나설 수 없다는 것이지."

"심증이 남지 않습니까? 어떻게 하든 결국 본문이 범인으로 주목 받을 수 있습니다."

"후후, 그러니 증거를 남기지 않아야지. 심증만으로 모든 것을 처리하기엔 오제란 이름이 너무 무겁다 생각하지 않느냐."

그의 말처럼 제 아무리 마룡도제라 하더라도 심증만으로 움직이기엔 어려울 것이었다.

이름이 있는 자일 수록 쉽게 움직일 수 없는 것이 무림이었으니까.

그렇기에 아예 자신이 나서서 이번 일을 완벽하게 처리하려는 독안혈검이었다.

표사들 중에 정체를 알 수 없는 강자가 있다고 들었지만, 크게 개의치 않았다.

그렇게 미리 준비해둔 사령문의 최정예들과 함께 독안혈검이 길을 나섰다.

"꼴이 말이 아니로군."

"어쩌다 보니 이리 됐습니다."

태현과 선휘의 합류를 누구보다 반긴 것은 일검이도 두 사람이었다.

어제의 습격으로 인해 표사들이 큰 피해를 입었고, 일

248

꾼들 역시 몇 사람이 죽임을 당했다.

다행이 표물들은 무사했지만 분위기가 좋지 않아, 한 번 더 습격을 받는다면 이번 표행 자체가 실패로 끝날 수 있겠다 싶은 찰나 태현과 선휘가 합류한 것이다.

뒤늦게 물건을 받은 것이 오히려 전화위복이 됨 셈이었다.

"시신은?"

"전통에 따라 주변에 묻어주었습니다. 돌아가면 가족들에게 충분한 피해보상을 국주님께서 직접 하실 겁니다."

일검의 말에 고개를 끄덕이며 태현은 선두에 서서 주변을 경계하고 있는 남궁연호를 쳐다본다.

"그가 아니었다면 그 자리에서 당했을 겁니다."

이도가 다가오며 말하자 태현은 고개를 끄덕이며 그의 곁으로 움직였다.

"이젠 내가 경계를 할 테니 좀 쉬지."

"그래 주시겠습니까? 그렇지 않아도 이젠 힘이 들어…."

태현의 말이 떨어지기 무섭게 고개를 끄덕이던 그가 말 위에서 그대로 잠에 빠져든다.

그만큼 여러모로 신경을 쓰고 있었던 증거라 할 수 있

기에 태현은 쓰게 웃으며 사람을 불러 짐마차 위에서 잘 수 있도록 조치를 한 뒤 선두에 나섰다.

선두에 선 태현은 천천히 기감을 넓혀간다.

근 일백 장에 달하는 범위가 완벽하게 태현에게 지배 되기 시작했다.

달그락, 달그락.

다시 움직이기 시작한 마차들.

약속된 사령문까지 앞으로 삼일.

삼일이 지나면 무사히 돌아갈 수 있지만, 그 삼일이 고비라는 사실도 알기에 표사들의 얼굴이 잔뜩 굳어간 다.

┿┿

사령문으로 가는 길의 끝에는 천암곡이라 이름 붙은 깊은 협곡을 지나가야 하는 곳이 있었다.

우회해서 가려고 한다면 족히 열흘을 넘게 돌아가야 하기 때문에 위험을 감수하고 태현들은 이곳을 지나기로 결정했다.

지난 이틀 동안 누구의 공격도 감시도 없었기에 기회 가 있다면 천암곡 이외엔 없었다.

그렇기에 모르는 곳을 돌아가는 것보단 공격할 상황이 어느 정도 정해져 있는 천암곡을 통과하는 것이 훨씬 더 나은 일인 것이다.

천암곡을 앞두고 태현은 남궁연호를 보며 말했다.

"먼저 가도록 하죠."

"부탁드리겠습니다."

표행의 선두를 남궁연호에게 맡긴 태현은 천암곡 안으로 먼저 뛰어들었고, 그 뒤를 선휘가 약간의 거리를 두고 따른다.

"후위를 보강하고 최대한 경계하면서 들어간다!"

일검이도가 돌아다니며 명령을 내리느라 분주하다.

천암곡 안으로 들어서자 빛이 거의 들지 않을 정도로 협곡이 깊고 폭은 좁았다.

사두마차 한 대가 겨우 지나갈 수 있을 정도의 폭.

이런 곳에 이런 길이 만들어졌다는 것 자체가 신기한 일임은 틀림없지만 태현의 눈은 연신 주변을 살핀다.

넓게 퍼트린 기감에 걸려드는 이들이 한 둘이 아니었다.

"위쪽은 괜찮은 것 같은데… 역시 앞이 문제로군."

"퇴로는 괜찮을까요, 사형?"

"당장은 문제가 없겠지만… 어쩌면 어려울 수도 있겠어."

태현의 말에 선휘가 고개를 끄덕이며 자신도 기감을 넓혀본다.

과연 천암곡의 끝자락에 정체를 알 수 없는 자들이 다수 자신들을 기다리고 있었다.

표사들로선 감당 할 수 없는 실력자들이 여럿 있는 것이 만약 자신들이 오지 않았다면 남궁연호가 있다 하더라도 이번 표행은 실패로 끝났을 확률이 높았다.

그것도 많은 피해를 입은 채 말이다.

"사형, 어떻게 하죠?"

그녀의 물음에 태현은 깊이 생각하지 않고 답했다.

"우리가 길을 뚫어야지. 진양표국에서의 마지막 일이니 제대로 해주는 것이 좋겠지."

그 말에 선휘가 동의했다.

이번 일을 마지막으로 두 사람은 진양표국의 일에서 손을 완전히 뗄 생각이었다.

마지막이니 만큼 확실하게 일을 해주는 것이 좋을 것이다.

"가볼까?"

"예."

자신의 허리춤에 걸린 청홍검을 잡으며 말하자 선휘
역시 백룡검을 잡으며 고개를 끄덕인다.

"적이 보이는 것과 동시 공격을 시작한다."

"명!"

고개를 숙이는 수하들을 보면서도 어딘지 모르게 불안
해지는 독안혈검.

분명 이곳에 도착 할 때까지만 해도 별 다른 생각이 없
었는데, 정작 일을 처리 할 때가 되자 급속도로 불안해지
기 시작했다.

무림에 나온 이후 이렇게까지 불안해진 것은 처음 있
는 일이었다.

그때였다.

"온다!"

선두에 있던 수하의 외침과 함께 빠른 속도로 자신들
을 향해 달려오는 두 사람의 모습이 보이고, 그 순간 일제
히 사령문 무인들이 앞으로 달려간다.

모든 것이 계획대로였다.

이곳 천암곡에서 할 수 있는 계략은 몇 가지 없다.

그 중에서 가장 간단하고 인원 숫자로 눌러 버릴 수 있
는 정면승부를 택한 것인데… 그것이 최악의 패착임을 깨

닫는 데까진 오랜 시간이 걸리지 않았다.

스컥!

백룡검이 날카로운 소리를 내며 달려드는 적의 팔을 베어 버린다.

선휘의 검은 허공에 한 줄기 빛을 남기며 빠른 속도로 전장을 휘저었다.

그녀의 검은 빠르고, 날카롭게 상대의 약점을 정확하게 노리고 날아든다.

파바밧!

연신 반짝이는 백룡검과 여유롭게 움직이는 그녀의 모습이 마치 검무(劍舞)라도 추는 듯 너무나 아름다웠지만, 선휘를 상대하는 적들에겐 죽음의 춤으로 보였다.

아무리 달려들어도 상처하나 내지 못하고 있는 것이다.

하지만 태현을 상대하고 있는 자들에 비한다면 이들은 양호한 편이었다.

쿠앙!

굉음과 함께 뼈도 남기지 못한 채 절벽에 틀어박히는 사령문의 무인.

태현의 주먹질 하나, 발길질 하나에 제대로 된 시신을

챙기는 이가 드물 정도로 파괴력 있는 공격이 연신 이어지고 있었다.

뿐 만인가?

그의 손에 쥐어진 검은 때때로 기묘한 각도로 휘어지며 사방을 휩쓰는 검기를 토해낸다.

푸화확!

사방으로 피가 튀고.

비명소리가 가득하다.

"아아악!"

"사, 살려…!"

콰!

굉음과 함께 천암곡이 뒤흔들린다.

수하들이 당하는 모습을 멍하니 바라만 보고 있던 독안혈검의 정신이 돌아온 것은 우습게도 태현이 만들어낸 굉음 때문이었다.

"사령십걸(邪靈十傑)은 계집을 쳐라!"

"존명!"

사령문 최정예이자 독안혈검의 호위인 사령십걸이 그의 곁을 떠나 선휘를 향해 달려가자, 독안혈검 역시 자신의 애검을 뽑아 들고 태현을 향했다.

"멈춰라!"

우르릉!

내공이 실린 그의 외침에 천암곡이 은은히 흔들리고, 문주가 나섰다는 사실에 안도하며 빠르게 물러서는 수하들.

하지만 태현은 거침 없었다.

우우웅—!

푸른 검기를 잔뜩 머금은 청홍검이 사방으로 비산한다.

"아악!"

"내, 내 팔!"

"이노오오옴!"

콰콰콱!

괴성을 내지르며 빠르게 태현에게 접근한 그가 검을 내려친다!

강한 힘이 실린 일격이지만 태현의 움직임을 멈추기 위한 용도가 다분한 그것을 어렵지 않게 받아낸 태현이 뒤로 물러선다.

"네놈… 대체 누구냐."

아무리 위협용이라곤 하지만 자신의 일격을 어렵지 않게 받아낸 태현에게 묻는 독안혈검.

"진양표국의 표두."

"장난치는 것이냐! 네놈 같은 실력을 가지고 겨우 표두 짓거리를 하고 있다고?"

자신을 놀리는 것이라 생각한 독안혈검이 소리를 친다.

하지만 정작 태현의 시선은 선휘를 향해 있었다.

카카캉! 캉!

열 명이 펼치는 합격진에 둘러싸인 채 연신 병장기 소리를 내며 움직이고 있는 선휘.

나쁘지 않은 공격이었지만 선휘라면 충분히 이겨 낼 수 있을 것 같았다.

"어딜 보는 것이냐!"

쿠아악!

화가 난 듯 허공을 격에 달려든 독안혈검의 붉은 검이 태현의 심장을 향해 찔러 들어온다.

쩡!

청홍검을 들어 막아내며 검을 튕겨 내려 했지만, 독안혈검은 노련하게 검을 붙이며 힘으로 밀었다.

카카칵!

요란한 소리를 울리며 두 사람의 얼굴이 마주한다.

"제법이로구나. 하지만 내 일을 망친 대가를 치러야 할 것이다."

무섭게 으르렁거리며 힘의 균형을 무너트리나 싶더니 빠르고 거칠게 검을 휘둘러온다.

쩌정! 쩡!

손이 얼얼할 정도로 강한 충격에 온 몸의 감각이 활화산처럼 깨어나는 것 같다.

이제까지 상대한 자들은 숫자만 많았지 그 실력은 태현을 만족시키기에 크게 모자란 자들이었지만, 이 자는 달랐다.

그리고 그의 정체도 알 수 있었다.

"독안혈검이로군."

"그래! 내가 바로 독안혈검이다! 네 목을 받아가겠다."

떠더덩!

거칠지만 날카로운 그의 검.

태현의 청홍과 독안혈검의 혈검이 부딪치며 기묘한 소리가 천암곡을 울리기 시작한다.

사파 무공의 최대 특성은 무공 자체가 사이하다는 것에 있다.

사람의 눈을 현혹하거나, 귀를 어지럽히는 등 그 기묘함은 말로 설명 할 수 없을 정도였다.

그렇기에 힘을 추구하는 마도에서도, 바른 것만을 찾는 정파에서도 인정을 받지 못하고 사(邪)하다 하여 사파로 분류되는 것이다.

독안혈검의 검 역시 마찬가지였다.

끊임없이 날아드는 그의 검로는 지저분하기 그지없지만, 그 날카로움은 수준 이상이었다.

그것만이라면 얼마든지 무림에서 쉽게 볼 수 있는 검술이지만 결정적으로 다른 것이 있다면 그의 손에 쥐어진 혈검이 끊임없이 소리를 내고 있다는 것이다.

윙윙윙.

귀에 겨우 들릴 정도의 소리.

처음엔 태현도 제대로 듣지 못했던 것이지만, 검을 섞을수록 그 소리는 선명해져서 이젠 확실히 들리고 있었다.

붉은 검신을 따라 새겨진 골이 무엇인가의 역할을 하는 것이 틀림없었다.

'내공을 흐트러뜨리는 것인가.'

소리가 증폭 될 때마다 내공이 흔들린다.

어지간한 실력자라면 순식간에 균형이 무너지며 찰나의 순간 목숨을 잃을 수도 있을 터다.

아마 협행검이라 불렸던 자도 여기에 당했을 터다.

독안혈검 역시 그런 사실을 알고 있는 것인지 검을 휘두르는 데 있어 거침이 없었고, 때론 소리를 증폭시키려는 움직임을 보이기도 했다.

하지만 시간이 지날수록 그는 당황하지 않을 수 없었다.

아무리 시간이 지나도 효과가 드러나질 않고 있는 것
이다.

독안혈검 본인은 몰랐지만 태현에게 이런 방법이 통할
리 없었다.

이 정도에 무너질 것이었다면 애초 천기자의 그 지독
한 수련을 버텨내지도 못했을 테니까.

"검술에 음공을 적용한 것은 칭찬해 줄 만 하군. 하지
만… 그뿐이야."

쾅!

태현의 말에 놀란 그가 뭐라 말을 하기도 전에 태현이
그를 후려친다.

"크윽!"

어마어마한 충격에 검을 놓칠 뻔 했지만 겨우 붙든 그
가 고개를 들자 어느새 태현이 달려들고 있었다.

쐐애액!

천지를 양단 할 듯 강렬한 기세를 피워 올리며 내려쳐
지는 청홍검을 보며 독안혈검은 직감했다.

'이건… 버틸 수 없다!'

자신으로선 결코 막아 낼 수도, 그럴 만한 능력도 없는
그 순간.

거짓말처럼 녹색 인영이 독안혈검의 앞에 나타난다.

쩌저정!

귀를 찢는 굉음과 함께 뒤로 물러서는 태현의 얼굴이 심상치 않다.

마지막 일격이라 생각하고 내려친 것인데 설마 막힐 줄 몰랐던 것이다. 그것도 갑작스레 끼어든 상대에 의해.

독안혈검이 자신의 감각을 일깨웠지만 그것만으론 부족했었다.

헌데… 그가 나타난 것이다.

온 몸의 투기(鬪氣)를 일깨운 자가.

"워워. 아직은 쓸모 있는 자를 죽일 순 없지."

"헉!"

자신을 구해준 녹영을 확인하는 순간 소스라치게 놀라는 독안혈검.

하지만 곧 무슨 소리를 들은 것인지 고개를 끄덕이며 빠르게 뒤로 물러선다.

"재미있는 일이 있을 것 같아서 왔었는데… 이거 참."

머리를 긁적이며 곤란한 듯 이야기하지만 그의 눈은 웃고 있었다. 즐거워서 죽겠다는 표정으로.

선명한 녹의를 입은 사내를 보며 태현은 어디선가 본 것 같다는 인상을 지울 수 없었다.

그리고 곧 깨달았다.

어디서 본 것인지.

그날.

사부님들과 헤어질 때 보았던 놈들과 같았다.

옷 색은 다르지만 같은 놈들이었다.

두근, 두근.

심장이 쿵쾅대고 몸이 달아오른다.

우우우…!

자신도 모르게 뿜어내는 강렬한 기세.

'놈들이다.'

사령십걸과 싸움을 이어가던 선휘는 처음엔 손이 어지러웠지만 시간이 지날수록 어렵지 않게 그들을 상대하기 시작했다.

하나하나의 실력은 괜찮은 편이었지만 자신을 상대하기는 부족했다.

합격술 역시 노련하기 보다는 아직 손발이 맞지 않는 부분이 많았기에 선휘는 그 틈을 노렸다.

서컥-!

날카로운 백룡검이 사령십걸의 목을 날린다.

피를 내뿜으며 쓰러지는 육체.

벌써 셋이다.

열 명 중에 셋이나 죽자 이젠 사령십걸들도 주춤거리기 시작했다. 자신들로선 그녀를 감당 할 수 없음을 알아차린 것이다.

하지만 명이 없으니 뒤로 물러 설 수도 없었다.

그때였다.

콰콰쾅-!

굉음과 함께 천암곡이 크게 뒤흔들리고 독안혈검이 외쳤다.

"물러서라!"

기다렸다는 듯 빠르게 물러서는 사령십걸들의 얼굴에 안도감이 서린다.

갑작스레 물러서는 그들을 뒤쫓을 필요 없다고 판단한 선휘는 가볍게 검을 휘둘러 피를 털어내곤 태현이 있는 곳으로 시선을 돌린다.

정체를 알 수 없는 녹의인과 태현이 정면충돌하고 있었다.

콰르르릉!

그 어마어마한 힘의 여파에 선휘마저 얼굴색을 바꾸며 뒤로 물러서야 했다.

잠시 상황을 살피던 그녀는 이대로라면 천암곡 자체가

무너질 수 있다고 판단하여 빠른 속도로 뒤를 향해서 달렸다.

단전에서 시작된 힘은 사지백해를 빠르게 돌아 오른손을 거쳐 굳게 쥔 청홍검으로 향한다.

콰콰콰ㅡ.

노도와 같은 흐름의 내공임에도 불구하고 청홍은 어렵지 않게 힘을 받아들이며 힘을 유형화시킨다.

우웅.

푸른 검기가 그것이다.

청홍의 위로 선명하게 떠오른 검기는 허공을 가르며 녹영을 향해 날아간다.

모든 것을 벨 수 있을 것 같은 기세로 날아드는 검기를 보며 녹영은 자리에서 움직이지도 않은 채 손을 휘젓는 것만으로 검기의 방향을 틀고 있었다.

콰르릉! 쾅!

연신 울려 퍼지는 굉음과 피어오르는 먼지.

마구 잡이로 날리는 검기가 통하지 않는다고 판단됨과 동시 태현의 몸이 공간을 뛰어넘어 녹영을 향해 달려든다.

눈 깜짝할 사이 다가섰음에도 불구하고 녹영의 얼굴에

선 미소가 사라지지 않는다.

일말의 위협도 느끼지 못하는 것이다.

하지만 반대로 태현 역시 마찬가지였다.

아무렇게나 힘을 낭비하는 것 같지만 실제로는 몸을 예열하는 것이 지나지 않았다.

오랜 시간 제대로 된 싸움을 벌이지 못한 태현이다 보니 완벽한 몸을 만드는데 시간이 걸리는 것이다.

'내 모든 것을 드러내야 하는 상대다.'

본능이 말해주고 있었다.

최선을 다하지 않는다면 결코 이길 수 없는 상대라는 것을 말이다.

"이거 의외로군. 아직 놀랍도록 젊은데 이런 실력을 가지고 있다니. 너 같은 사람이 어째서 무림에 알려지지 않은 것이지?"

유유자적하게 태현의 공격을 받아 넘기며 묻는 녹영.

심심해서 왔다가 아주 재미있는 대상을 찾았다.

녹영은 선천적으로 지루한 것을 참지 못한다. 즐기지 못한다면 죽어버리는 것이 낫다고 생각할 정도였다.

그런 그에게 태현과의 싸움은 큰 흥미를 유발하고 있었다.

그때였다.

웅웅.

드디어 완벽한 상태의 몸이 되었다.

뜨겁게 달아오른 육체와 쉴 새 없이 솟아오르는 내공까지.

준비가 완료된 그 순간.

스팟!

태현의 신형이 녹영의 눈앞에서 사라졌다.

"뭐…?"

뻐억!

어느새 나타난 것인지 녹영의 얼굴에 주먹을 박아 넣는 태현!

그 강렬한 일격에 녹영의 몸이 덧없이 뒤로 날아간다.

"핫!"

기합과 함께 날아가는 녹영에게 무수히 많은 검기를 선사하는 태현!

콰르르릉!

후둑, 후두둑.

강렬한 충격과 함께 천암곡이 뒤흔들리며 흙과 바위들이 조금씩 쏟아진다.

"아야야, 아프잖아."

엄살과도 같은 소리를 하며 먼지를 뚫고 나타나는 녹

266

영의 오른뺨이 붉다. 태현의 주먹에 당한 상처였다.

슥-.

청홍검을 들어올리는 태현.

그 모습을 보며 녹영이 웃었다.

"제대로 놀아줄까?"

해일과 같은 기세가 녹영의 몸에서 뿜어져 나온다.

第 9 章.

乱劒武妹 난검두림

第9章.

찰그락, 찰칵.

쇠가 부딪치는 소리와 함께 녹영의 팔에서 풀어지듯 모습을 드러낸 것은 절검(節劍)이었다.

검지 길이만한 작은 칼날들이 특수한 장치에 의해 하나로 모여 검을 이루는 특수한 검으로 다루기 까다롭고 내공을 주입하는 것이 어려워 지금에 이르러 사용하는 사람이 거의 없는 무기였다.

그런 절검들 중에서도 녹영의 것은 더 특이했다.

그의 팔을 휘감고 있을 정도로 유연하고 그 길이가 무려 1장에 달했던 것이다.

채찍처럼 늘어진 절검의 검잡이를 잡은 녹영.

"내가 어렵게 만들어낸 것인데 재미있지? 사영검(蛇影劍)이라 부르고 있지."

좌륵, 좌악!

웃으며 녹영이 내공을 주입하자 기묘한 소리와 함께 사영검이 줄어들기 시작하더니 금세 하나의 검이 된다.

청홍과 길이가 다를 바가 없는 일반적인 검의 모양새였다.

"기대해도 좋아. 중원에서 사영검의 맛을 본 사람은 손에 꼽을 정도이니까!"

팟!

사라졌다 싶은 순간 태현은 반원을 그리며 청홍을 휘둘렀다.

쩌엉!

굉음과 함께 뒤로 튕겨나는 녹영!

"크하하하! 재미있잖아? 응? 더해봐! 더 해보자고!"

녹영의 신형이 허공에 스며들 듯 사라지고 태현 역시 거기에 맞춰 고속으로 이동을 시작했다.

쩌정! 쩡!

쿠앙―!

신형도 보이지 않지만 충돌에 의한 굉음.

272

그리고 폭발에 의해 비산하는 먼지가 천암곡을 가득
채우기 시작한다.

청홍검과 사영검이 부딪칠 때마다 태현은 누군가가 팔
을 강하게 후려치는 것 같은 고통을 받았다.

내공으로 몸을 강화하고 보법으로 힘을 흘려내고 있음
에도 불구하고 전해지는 충격은 상대가 보통이 아님을 이
야기해주고 있었다.

웅웅, 웅!

청홍검 역시 상대가 보통이 아님을 안 것인지 연신 내
공을 더 달라고 외치고 있었다.

"크하하핫!"

놈의 웃음소리가 들리고.

좌르르르르…!

기괴한 소리가 귓가에 들린다 싶을 때 길게 늘어진 사
영검이 태현을 휘어 감아온다.

마치 뱀처럼.

녹영의 기척에 신경 쓰다 갑작스런 사영검의 움직임에
크게 놀란 태현이 재빨리 허공으로 몸을 솟구치며 따라붙
는 사영검을 쳐낸다.

"좋았어."

그 짧은 순간.

녹영의 몸이 태현의 뒤편에서 모습을 드러낸다.

뻐억!

쿠앙-!

작정하고 후려친 그의 주먹에 태현의 신형이 땅에 처박히고 뒤를 이어 떨어져 내리는 녹영이 어느 사이에 회수한 사영검으로 찔러 들어온다.

"큭!"

정신을 차릴 틈도 없이 재빨리 바닥을 굴러 몸을 피해내는 태현.

푸확!

방금 전까지 자신이 있던 곳에 검이 정확하게 박히자, 자신도 모르게 식은땀이 가득 흘러내린다.

자신의 공격이 무위로 돌아갔음에도 녹영은 웃고 있었다.

"흐, 흐하하하!"

광소를 터트리는 그의 눈은 이미 정상이 아니었다.

흥분으로 가득한 그의 얼굴을 보며 태현은 몸 상태를 점검했다.

'등이 아픈 것을 제외하면 괜찮군. 앞으로 이런 놈들을 상대해야 하는 것인가.'

앞으로는 생각하면 까마득하지만 고개를 흔들어 모든

생각을 털어낸다.

'지금은… 앞만 볼 때다.'

"후우, 후우…."

숨을 가다듬는 태현을 보면서도 녹영은 움직이지 않고 눈을 굴린다.

뭔가를 생각하는 듯.

"그러고 보니, 어디서 본 것 같은데. 아니, 그걸 봤었나?"

녹영의 눈이 태현이 들고 있는 청홍에게 향한다.

하지만 그것도 잠시였다.

"뭐, 아무래도 좋아. 크흐흐흐… 자, 좀 더 즐겨보자고."

"잠깐."

"왜? 미리 말하지만 이제와 도망치기는 없어."

웃으며 혀를 내밀어 입술을 축이는 녹영을 보며 태현은 청홍을 들었다.

"이걸… 봤다고 했나?"

"응? 그게 궁금해? 크크크! 그럼 날 이겨봐. 그러면 가르쳐 주…."

휘익— 콰아앙!

키키킥! 킥!

녹영의 말이 끝나기도 전에 몸을 날린 태현이 그에게
달라붙어 차가운 목소리로 말했다.

"그 입. 곧 열어주마."

"크큭. 크하하하! 좋아! 놀아보자고!"

그의 광소와 함께 두 사람의 신형이 다시 얽혀든다.

"서둘러! 어서!"

쿠쿵, 쿵!

쿠쿵.

연신 들려오는 소리와 진동에 일검이도는 서둘러 일행
을 천암곡을 되돌아 나간다.

본래는 태현과 선휘에게 힘을 보태려 했지만 다급히
달려온 선휘의 말 때문에 황급히 돌아설 수밖에 없었
다.

"도저히… 사람이 싸우고 있다고는 믿을 수 없군."

오싹, 오싹.

거리가 있음에도 불구하고 몸을 오싹거리게 만드는 광
폭한 살기에 일검이도는 식은땀을 흘린다.

시간이 걸리긴 했지만 다행이 천암곡이 무너지기 전에
일행은 되돌아 나올 수 있었다.

"이제 어쩌면 좋겠습니까?"

이도가 수하들을 진정시키러 간 사이 일검이 다가와 묻자 선휘는 고민하다 조심스레 입을 열었다.

"일단은 이곳에서 진을 치고 기다리도록 하죠. 일이 잘 못되어 돌아가는 한이 있어도 일단은 기다려야 하니까요. 삼십장 정도 더 뒤로 물러서면 공터가 있었던 것으로 기억하니, 그곳이 좋겠어요."

"알겠습니다."

선휘의 지시는 일검이 생각하고 있던 것과 비슷했기에 즉시 일행을 그곳으로 이끌었다.

하지만 천암곡의 입구에서 움직이지 않는 사람이 있었으니 바로 남궁연호였다.

굳은 얼굴로 천암곡에서 흘러나오는 힘의 여파를 느끼던 그가 돌연 선휘에게 다가와 물었다.

"대체, 당신들의 정체가 무엇입니까? 이런 힘을 가지고서도 무림에 알려지지 않았다니⋯ 있을 수 없는 일입니다."

"⋯⋯."

조금 흥분한 남궁연호의 물음에 선휘는 잠시 그의 얼굴을 바라보다 차갑게 말했다.

"당신이 알고 있는 것이 세상의 전부가 아닙니다. 믿지 않는 것은 당신의 자유이니 상관없지만, 눈앞의 현실에서

도망치진 말아야 할 겁니다. 현실을 외면하는 자는 그저 패배자 이상은 될 수 없으니까요."

"패, 패배자라니! 그건…!"

"그뿐입니다."

짧은 말을 마치고 돌아서는 선휘.

당장이라도 다시 싸움이 벌어지는 저곳으로 달려가고 싶지만 선휘는 참고 또 참았다.

지금 자신이 해야 할 일은 표국의 사람들을 지키는 것이지 태현의 곁으로 가는 것이 아니었다.

이것이 표국에서의 마지막 일이 될 것이란 태현의 말이 끊임없이 그녀의 머릿속을 맴돈다.

한편 멍청하니 선 남궁연호의 머릿속은 복잡하기 그지없었다.

의외의 곳에서 의외의 이야기를 들었다.

"난… 패배자였던가."

작게 중얼거리는 그의 어깨가 축 처진다.

쿠쿵–! 쿵!

그때 이제까지완 비교 할 수 없을 정도의 굉음과 함께 진동이 사방으로 퍼져나갔다.

우르르릉!

기묘한 소리와 함께 천암곡 전체가 뒤흔들린다.

"더, 더, 더! 크하하하!"

광소를 터트리며 앞뒤 가리지 않고 달려드는 녹영을 향해 청홍검을 휘두르는 태현.

두 사람이 발산하는 기가 끊임없이 부딪치며 천암곡을 뒤흔든다.

당장이라도 천암곡이 무너질 수 있음에도 두 사람은 개의치 않고 서로를 향해 검을 휘둘렀다.

작은 방심 하나로 목숨이 날아갈 수 있는 상황.

즈컥-.

사영검이 허벅지를 스쳐지나가자 예리하게 베이며 피가 흐른다. 많은 양은 아니기에 태현은 개의치 않고 청홍을 휘둘러 녹영의 뺨에 상처를 입힌다.

서로가 서로에게 검을 휘둘러 상처를 만든다.

제대로 된 공격이 하나도 없기에 큰 상처는 없지만 그렇게 만들어진 상처들로 인해 흐른 피가 이미 옷을 촉촉하게 적시고 있었다.

녹영의 검은 단순했다.

빠르고 강했다.

직선적인 움직임에도 불구하고 태현은 쉽게 방어 할

수 없었다.

워낙 날카롭게 날아들기 때문이었다.

뿐만 아니라 때때로 분리되어 절검 특유의 공격이 날아들 때면 간담이 서늘했다.

카카칵!

기괴한 소리를 내며 얼굴을 스쳐지나가는 사영검.

그 틈을 놓치지 않고 녹영의 품을 파고든 태현이 강하게 몸으로 부딪친다.

텅!

충격을 받고 물러서는 것을 끝까지 따라 붙으며 검을 휘두르는 태현.

녹영은 녹록치 않았다.

어느새 태현의 등 뒤를 노리고 사영검이 날아든 것이다.

쩡!

"큭!"

이를 악물며 물러서는 태현.

이대로는 싸움에 끝이 없다고 판단한 태현은 내공을 한층 더 많이 끌어올린다.

우우우웅!

사방으로 진동하는 기운.

그에 맞추어 녹영 역시 기운을 끌어올리는 것인지 두

사람의 기세가 주변을 뒤흔든다.

드드드드.

우웅一.

청홍이 울음을 토해내며 서서히 검기와는 다른 무언가
가 모습을 드러내기 시작한다.

츠츠츠.

기묘한 소리와 함께 생성되기 시작한 것은 놀랍게도
강기(罡氣).

검강(劍罡)이었다.

검기와 다를 바 없이 푸르지만 어마어마한 힘이 느껴
지는 검강을 포며 두려워하기 보단 황홀한 표정을 짓던
녹영이 돌연 크게 웃었다.

"크핫! 그래! 그래, 이 거야! 내가 바란 싸움은!"

쩌쩡!

사영검이 굉음을 내며 검의 형태로 돌아감과 동시 그
위로 검붉은 검강이 생성된다.

태현의 것과 조금도 다르지 않은.

진짜 검강이었다.

"자… 제대로 놀아보자고."

광기를 내장한 강렬한 눈빛을 발하는 녹영을 보며 태
현 역시 지지 않겠단 눈빛을 토해낸다.

뜻하진 않았지만 단서를 찾았다.

사부님의 원수이자… 가문의 원수에 대한 단서를.

'반드시! 반드시 이긴다!'

두 사람이 부딪쳐 간다.

쩌저적! 쩍!

콰르르릉—!

벼락을 치는 것 같은 굉음과 함께 대지가 크게 흔들리더니 얼마 지나지 않아 천암곡이 무너져 내리기 시작했다.

높은 위치에서부터 무너져 내리기 시작한 천암곡의 토사는 순식간에 밖으로 밀려나왔는데, 만약 뒤로 물러서지 않고 자리를 지키고 있었다면 순식간에 매몰되었을 것이다.

꿀꺽.

"괘, 괜찮겠습니까?"

침을 삼키며 떨리는 목소리로 묻는 일검.

선휘는 대답지 않았다.

하지만 결코 태현이 질 것이라 생각하지 않았다.

지금 그녀가 할 수 있는 것이라곤 태현을 믿는 일 밖에 없었다.

투확-!

허공에서 쏟아지는 돌을 피하며 검을 휘두르는 태현.

그런 태현의 검에 부딪쳐 오는 녹영.

두 사람의 검이 부딪칠 때마다 굉음이 울리고 힘의 파동이 천암곡을 빠른 속도로 무너트린다.

본래 귀주에는 중원에서도 험한 곳으로 손꼽힌다.

성의 대부분이 험준한 산맥으로 이루어져있을 뿐만 아니라 대지가 불안정하여 작은 지진에도 무너져 내리는 곳이 많을 정도다.

천암곡 역시 마찬가지였다.

연속된 충격을 받자 무너지기 시작한 천암곡은 급속도로 무너지기 시작했다.

쩌정!

허공에서 검을 한 차례 나눈 두 사람이 무너지는 돌을 밟더니 순식간에 허공으로 치솟아 오른다.

무너진 천암곡에서 먼지가 피어오르지만 두 사람의 검은 쉬지 않고 교차한다.

"더, 더!"

괴성을 지르며 달려드는 녹영의 거센 공세에 지지 않기 위해 태현 역시 마주 달려들었다.

하나하나의 공격은 녹영이 위에 있지만, 검식 자체는

태현이 위였다.

쉽게 승부를 가릴 수 없는 상황.

이렇게까지 힘으로 승부하는 상황이 되어버리니 이제까지 익힌 검술을 사용할 틈도 없었다.

문제는.

이런 방식의 싸움은 절대 태현에게 유리하지 않다는 것이다.

쩡—!

우웅, 웅.

"큭!"

몸 전체가 뒤로 밀려나며 그 힘의 여파가 온 몸을 때린다.

몸에 쌓인 충격을 재빨리 흘려내고, 내공으로 상쇄시키지만 그 짧은 순간에 쌓이는 피로는 무시 할 수 없는 정도.

손바닥의 피부가 찢어져 조금씩 피가 흐르는 것도 좋지 않았다.

자칫 검을 놓칠 수도 있기 때문이다.

"키킥, 키키킥! 크하하하하!"

광소를 터트리는 녹영.

그의 눈은 완전히 광기로 물들어 있었다.

왜 이곳에 온 것인지, 어째서 모습을 드러내었던 것인지에 대해선 이미 잊은 것 같았다.

녹영의 목표는 오직하나.

태현이었다.

으득!

이를 악문 태현은 흥분했던 자신을 질책하며 마음을 가라앉힌다.

고수간의 싸움에서 가장 중요한 것은 자신을 다스리는 것인데, 자신은 그러질 못했다.

'먼저 해야 할 것은… 싸움의 방향을 내가 유리한 방향으로 끌어가야 한다.'

차분해진 태현의 눈.

그때 녹영이 다시 달려들었다.

방금 전까지만 해도 마주 달려들었을 테지만 태현은 끝까지 그의 검을 살피다, 최소한의 움직임으로 피해내거나 막아낸다.

강한 위력을 바탕으로 검을 휘두르지만 그 근본은 단순한 휘두르기.

천기자가 오랜 세월을 받쳐 만들어낸 최강의 무공.

천검(天劍)의 계승자 태현에겐 본래부터 통하지 않을 공격이었다.

스르륵.

서컥!

바로 앞에서 스쳐 지나가는 녹영의 검을 보며 태현은 자신이 무엇을 잘못하고 있었던 것인지 다시 한 번 깨달을 수 있었다.

이렇게 쉽게 피해 낼 수 있는 공격을 억지로 막아내거나 같이 어울렸다니 바보 같았다.

第10章.

NEO ORIENTAL FANTASY STORY

亂龍武林 난검두림

第 10 章.

　본래 태현이 싸우는 방식은 최대한 적을 살피고, 그 약점을 정확히 찌르는 것이다.

　다시 말해 최소한의 움직임으로 최대한의 효율을 올리는 것을 좋아한다는 것이다.

　실제로 태현이 알고 있는 검술은 무수히 많지만 실제로 익힌 것은 천검 하나뿐이었다.

　세상 모든 검술이 집성되어 있는 천검을 익히는 이상 또 다른 검술을 익힐 필요성이 없었던 것이다.

　"재미있구나! 재미있어!"

　이제와 상황을 다르게 가져가려 한다는 것을 눈치 챈

것인지 녹영은 크게 웃으며 사영검을 흔든다.

좌르르륵!

길게 늘어나 살아있는 뱀처럼 움직이는 사영검.

태현에게 맞춰 그 역시 주도권을 빼앗기지 않기 위해 공격 방식을 바꾼 것이다.

완전히 미쳤다고 생각했지만 의외로 제대로 대응을 해오는 녹영에 놀랐지만 그뿐이다.

'내가 해야 할 일은 하나뿐.'

달라지는 것은 없다.

스스슥.

태현이 먼저 움직인다.

무영풍 사부가 가르쳐주었던 천하제일의 발이 가감 없이 그 위력을 발하며 순식간에 녹영의 팔방을 점한다.

츠츠츠.

태현과 똑같은 분신이 하나 둘 늘어가기 시작하더니 얼마 지나지 않아 여덟 개의 분신이 정확하게 팔방을 지켜 선다.

"재미있구나! 하지만 그뿐이다!"

카카칵!

사영검이 강하게 땅을 후려치며 팔방을 단숨에 공격한다.

마치 채찍처럼 검을 휘두르는 그의 모습에 태현은 깜짝 놀라면서도 빠르게 텅 빈 그의 품을 파고든다.

"크큭, 그럴 줄 알았지."

하지만 그마저도 함정이었다.

사영검의 검끝이 땅속에서 치솟아 오른다!

정확히 태현의 턱을 노리는 그 순간 태현이 반응했다.

발바닥으로 땅을 움켜쥐며 반원을 그리며 순간이동이라도 하듯 그 자리에서 사라졌다가 녹영의 목을 노리며 청홍검을 휘둘렀다.

쩌엉!

파칵!

갑작스런 일격에 사영검이 버티지 못하고 휘청대며 그 힘을 잃고 녹영 역시 뒤로 빠르게 물러섰다.

그 틈을 놓칠 태현이 아니었다.

우우웅!

내공을 가득 넣어 휘두르는 청홍!

쏜살 같이 날아가는 푸른 검강.

검강을 막아 낼 수 있는 것은 같은 강기뿐이기에 녹영이 사영검을 하나로 합치며 검을 휘두른다.

펑!

'이대로는 끝이 안 나. 승기를 잡는다!'

"흡!"

마음의 결정을 내린 태현이 숨을 들이쉬자 기다렸다는 듯 내공이 노도와 같이 사지백해로 뻗어나가고!

"극검(極劍)!"

허공을 가르는 단 한 줄기의 푸른 섬광.

천검삼식의 유일한 공격초식인 극검이 녹영을 노리고 날아든다.

단순한 초식처럼 보이지만 실제로 당하는 자에게 있어 이보다 무서운 초식은 존재치 않는다.

사방 어디로 피할 수 없고, 파훼하려 해도 너무나 복잡하다.

한 수로 보이는 검이 수천, 수백의 검이 되니.

그 끝이 보이지 않을 정도다.

"흐… 흐하하하! 이까짓 것!"

푸확~!

털썩.

피가 허공에 솟구치고 떨어진 것은 녹영의 왼팔이었다.

공격을 막아낼 방법이 없다면 자신의 팔을 희생해서라도 그 상황을 모면해 낸 것이다.

타탁, 타닥.

점혈을 통해 지혈을 마친 녹영은 여유롭게 옷자락을 찢어 상처를 동여맨다.

"이거… 의외인데."

두둑, 둑.

목을 꺾으며 태현을 바로 바라보며 입을 여는 녹영.

어느새 그의 얼굴에선 광기가 완전히 사라져 있었다. 광기 대신 지독히 차가운 시선만이 남았다.

"너… 이름이 뭐냐?"

"태현."

이번엔 태현도 말을 돌리지 않고 대답했다.

"태현? 처음 들어보는 이름이로군. 진짜 이름이겠지?"

"거짓을 말할 필요는 없으니까."

"좋군. 좋아, 이번엔 네가 이겼어. 약속대로 물어 볼 것이 있다면 물어봐. 한 가지 정도는 대답해주지."

의외로 순순히 약속을 지키려는 듯 나오는 녹영을 바라보는 태현.

하지만 입은 쉽게 열리지 않는다.

지금 녹영에게 물어봐야 하는 것은 크게 두 가지.

하나는 사부님들에 대한 것이고 또 하나는 가문과 관련된 것이다.

그것이 어느 쪽이든 그 비중은 결코 작은 것이 아니었기에 쉽게 물어 볼 수 없었던 것이다.

머뭇대는 태현을 보며 녹영은 청홍을 한 번 바라보곤 먼저 입을 열었다.

"그 검. 어디서 본 적이 있다고 내가 말했었지. 그걸 말하는 것으로 대신하지."

"음…."

결국 태현도 고개를 끄덕여야 했다.

자신이 선택하지 못했으니 어떤 것이라도 하나 들어야만 했다.

"십 몇 년 전 본적이 있지. 당시 우리를 끝까지 괴롭히던 자가 들고 있던 검과 같은 것으로 보인다. 음? 그러고 보니…."

"……."

부들부들.

태연한 녹영의 말에 부들부들 몸을 떠는 태현.

찾은 것이다.

가문을 멸한 범인들을!

"이제야 생각나는군. 그날 끝까지 찾지 못한 아이가 하나 있었는데 바로 네가…."

"크아아아아아!"

294

이성을 잃은 듯 기운을 폭주 시키며 달리는 태현.

하지만… 녹영의 신형은 허공으로 사라지고 있었다.

"상대해주고 싶다만… 네 존재를 알려야 함이니 오늘은 이쯤에 그만두는 것이 좋겠다. 하지만 다음엔 이렇게 끝나지 않을 것이다. 나 녹영의 이름을 걸고."

스스스…

조금의 기척도 없이 사라진 녹영.

그가 사라지는 순간 기감을 폭발적으로 확장시킨 태현이지만 잡아 낼 수 없었다.

그 어디에서도.

"크아아아아악!"

태현의 비명만이 주변을 가득 메운다.

털썩.

한참을 홀로 분을 삭인 끝에 자리에 주저 앉은 태현.

하지만 아직도 분이 완전히 사라진 것은 아닌지 거칠게 숨을 몰아쉰다.

'겨우 잡은 단서를…!'

으득!

이를 악무는 태현.

그렇다고 소득이 없는 것은 아니었다.

적어도 놈들을 쫓다보면 가문을 공격한 놈들을 찾을 수 있을 것이란 희망이 생긴 것이다.

아무런 단서도 없던 상황에서 생긴 것이니 그것만으로도 만족해야 했다.

'또 한 가지 소득은 사부님들을 그렇게 만든 자들과 가문의 원수가 어쩌면… 동일한 놈들일지도 모른다는 것. 냉정해져야 한다. 어떻게든 놈에게서 얻을 수 있던 모든 단서를 기억해야 한다.'

눈을 감은 채 한참을 생각하는 태현의 호흡은 어느새 정상으로 돌아와 있었다.

'그러고 보니 자신을 녹영이라고 했지… 이제까지 마주친 자들은 하나 같이 색이 다른 옷을 입고, 그것으로 자신을 표시하고 있었어.'

백검 사부와 있을 때 부딪쳤던 감영이 그러했고, 묵살검 사부를 죽인 것으로 보이는 흑의인이 그러했으며, 오늘 녹영 역시 그랬다.

'대주나 단주쯤 되는 것인가? 그 밑으로 수하들이 있는 것 같았으니.'

생각에 생각이 꼬리를 물고 일어선다.

그러는 와중 상황이 종료되었음을 눈치 챈 선휘와 남궁연호가 달려왔다.

"난처하군요. 상황이 이런데 물건을 가져다 줘야 한다니."

이도가 씁쓸한 표정을 지으며 말하지만 누구하나 대답하는 사람이 없다.

다들 같은 심정인 것이다.

자신들을 공격한 것이 사령문의 사람들이라는 것을 알고 있지만 표물의 최종 목적지가 변하는 것은 아니다.

이것은 사령문과 진양표국 간의 거래가 아닌 진양표국과 장양상단의 거래였기에 표물은 반드시 약속된 장소에 풀어야만 했다.

"이번 일은 두 분이 책임을 지는 것으로 하고, 우리는 근처에서 머물고 있겠습니다."

"…알겠습니다."

태현의 지시에 일검이도가 고개를 숙이곤 곧 일행을 이끌고 멀지 않은 곳에 있는 사령문을 향한다.

어차피 사령문의 사람을 만나는 것이 아니라 장양상단의 사람을 만나 거래물품을 확인시켜주고 확인증을 받으면 되는 일이기에 굳이 모두가 함께 갈 필요는 없는 것이다.

이제와 저들과 부딪친다고 해서 좋은 일이 생길 것도 아니고 말이다.

"이번 일이 끝나는 대로 저도 표국의 일에서 손을 떼도록 하겠습니다. 아무래도 본가에 돌아가 봐야 할 것 같습니다."

객잔에 들어서자마자 남궁연호가 자신의 의사를 표현하자 태현은 고개를 끄덕이며 받아들였다.

자신들도 떠나는 마당에 그가 좀 더 표국을 지켜주었으면 하는 마음은 있지만 그의 진지한 표정을 보고 붙들 수 없다고 생각했다.

"필요하다면 지금 떠나도 좋아."

"…고맙습니다. 두 분 덕분에 새로 눈을 뜰 수 있었습니다. 그렇다고 아직 아가씨를 포기한 것은 아닙니다만, 좀 더 나은 모습으로 돌아온다면 아가씨께서도 절 반기실 것이라 믿습니다."

그 말을 끝으로 남궁연호가 자리에서 일어서서 객잔을 나선다.

이 길로 남궁세가로 돌아갈 것이 분명했다.

"다음엔 더 강해져서 돌아오겠군."

깨달음을 얻은 무인은 강해진다.

특히 남궁연호처럼 방황하던 자들이 마음을 다잡는다

면 그 성장속도란 엄청난 것이었다.

"우리도 돌아가는 대로 움직이자."

"네, 사형."

고개를 끄덕이는 선휘.

그 모습에 어딘지 모를 든든함을 느끼며 태현은 웃었
다.

†

"실패?"

무릎을 꿇은 녹영의 보고에 의외라는 듯 그가 녹영을
바라본다.

자신의 손에 들린 검을 바라만 보고 있던 그의 시선이
향한 것만으로 녹영의 몸이 움찔거린다.

"사령문의 일이 실패한 것은 그렇다 쳐도 싸움에 미친
네놈이 졌다? 그것도 이름도 알려지지 않은 자에게?"

"죄, 죄송합니다."

"그럴 필요 없다. 패함으로서 얻을 수 있는 것도 있는
법이니. 그보다 그에게 대해 이야기 해보아라."

스르릉.

검을 집어넣으며 흥미가 도는 듯 묻는 그에게 녹영은

자세를 더욱 낮추며 자신이 겪었던 일에 대해서 자세하게 이야기를 했고, 모든 것을 다들은 그는 재미있다는 듯 턱을 쓰다듬는다.

아무렇게나가 자란 수염이 거칠게 만져진다.

"재미있는 놈이로구나."

"또한 청홍검을 가지고 있었습니다."

"뭐라?"

녹영의 한 마디에 일순 바뀌는 분위기.

숨도 쉬지 못할 정도의 거센 압박에 식은땀만 가득 흘리는 녹영.

"청홍검? 확실하느냐."

차가운 그의 물음에 녹영은 고개를 숙였다.

"예! 오래 전 본 것이지만 청홍검의 모습과 똑같았습니다. 그날 회수하지 못한 청홍검이 확실하였습니다."

"청홍검이라… 허! 청홍검이란 말이지?"

눈을 감은 채 턱을 쓰다듬는 그.

어느새 방을 가득 채웠던 기운이 사라진다.

"넌 돌아가서 몸을 추슬러라."

"존명!"

녹영이 방을 빠져나가자 혼자 남은 그가 조용히 입을 연다.

"자영(紫影)을 불러라."

그리고 얼마 있지 않아 문을 열고 자줏빛 옷을 차려 입은 사내가 안으로 들어와 무릎을 꿇었다.

"자영, 주군의 부름을 받고 왔나이다!"

"네가 나서야 하겠다."

"하명하소서!"

앞뒤 없이 내리는 명령이지만 자영은 고개를 숙이며 명을 받는다.

오직 그것만이 자신의 모든 것이라도 되는 냥.

휙— 툭.

언제 준비한 것인지 자영의 앞에 떨어지는 낡은 책 하나.

혈공(血功).

단 두 글자만이 표지에 적혀있지만 그것이 가져다주는 의미는 어마어마한 것이었다.

혈마의 독문무공이 바로 혈공인 것이다.

삼백년 전 홀연히 나타났던 혈마는 무림에 피바람을 일으켰고, 그의 손에서 죽어간 자만 수천을 넘어가는 희대의 살인마였다.

그런 그가 익혔던 것이 혈공이었으며, 당시에도 혈마 스스로가 종적을 감추었으니 망정이지 그를 막을 수 있는 자가 없을 정도였다.

당시 괴물이라 불렸던 자가 혈마였다.

"무림을 시끄럽게 만들어라."

"존명!"

조심스레 혈공을 받아든 자영이 방을 빠져나가자 그제 야 그는 자리에서 일어섰다.

"후후후, 아직 알려지지 않았다면 유명하게 만들면 되 는 것이지. 숨겨진 비수보단 드러난 검이 덜 무서운 법이 니까. 그보다 이제 와서 청홍이라… 재미있겠군."

그가 웃는다.

†

초유의 사건에 무림이 경악했다.

개파를 서두르던 사령문이 불살라지고 독안혈검을 비 롯한 사령문의 무인들이 모조리 죽임을 당한 것이다.

정확히 개파를 이틀 앞둔 시점에 벌어진 일이기에 수 많은 사람들이 목격했고, 소문은 빠르게 퍼져 나갔다.

협행검을 죽이며 무림에 떠오르는 강자가 되었던 독안

혈검도 그렇지만 사령문에 모여들었던 무인의 면면이 보통이 아니었음에도 불구하고 하룻밤 만에 모두가 죽고 불타오른 사건은 도저히 쉽게 믿을 수 없는 일이었다.

그렇게 범인을 찾기 위해 무림의 정보단체들이 대규모로 움직이기 시작했지만 어느 누구하나 범인을 특정 지을수 없었다.

그렇게 사건이 지지부진해질 때.

하나의 소문이 떠오르기 시작했다.

사령문의 멸문은 혈마의 저주받은 무공인 혈공을 이어받은 자의 소행이다.

소문은 확대되어 빠르게 퍼지기 시작했고, 이것이 진실이다 가짜다 하는 소란이 벌어지기도 전에 사건 조사에 나섰던 이들 중 한 사람의 입에서 혈공의 흔적을 찾았음이 알려졌다.

아니, 뒤늦게 소문을 접하고 나서야 시신들에 나 있던 기이한 상처의 흔적에 대해 알아낸 것이었다.

무림이 뒤집어졌다.

수많은 사람들을 죽인 자의 무공이지만 그 위력은 확실했다. 혈마가 사라지기 전까지 누구도 그를 이길 수 없

303

었고, 막을 수 없었다.

은연중에 무림 최강의 무공으로 분류하길 주저하지 않는 자들까지 생길 정도였다.

그런 혈마의 무공이 재등장하자 무림의 눈이 움직이기 시작했다.

당연한 일이었다.

혈마의 재림을 또 다시 두고만 볼 수는 없는 일이니까.

그렇게 모두의 시선이 귀주에 집중되어 있을 때 또 다시 사고가 벌어졌다.

이번엔 감숙이었다.

감숙의 오래된 명문 정파인 풍권문이 멸문당한 것이다.

비록 그 명성이 이젠 많이 떨어졌다곤 하지만 감숙에선 그 규모가 제법 되던 곳이었는데, 사령문처럼 하룻밤에 무너져 내린 것이다.

조사 결과 혈마의 흔적으로 밝혀지자 무림은 크게 소란스러워졌고, 그곳에서 발견된 혈마의 글귀로 인해 무림이 뒤집어졌다.

종남파(終南派)는 오래 전 구파일방의 한 자리를 차지하며 전성기를 구가하던 시절이 있었지만, 지금은 구파일

304

방에서 밀려난 문파였다.

그렇다고 종남파의 영향력이 작은 것은 아니었다.

무림에서의 영향력은 줄어든 것이 사실이지만 군부에서의 영향력이 크게 늘어난 것이다.

제자들을 무림에 내놓기보단 군문으로 보내 그 실적을 쌓아 올렸기에 가능한 일이었다.

하지만 이 마저도 벌써 오래 전의 일이었다.

황실이 바뀌며 고위직에 올라있던 군문의 고수들 역시 효수되거나 참수되었다.

그 와중에 종남파가 멸문하지 않은 것만으로도 다행으로 생각해야 할 정도로 그 피해는 엄청난 것이었다.

덕분에 군문과의 인연이 거의 끊어진 종남은 다시 무림으로 눈을 돌리려고 하고 있었지만, 쉽지 않은 일이었다.

"허허, 아무리 본파가 기울었다곤 하지만 과거의 잔재 따위가 능멸을 하다니."

종남파의 장문인이 이를 갈며 이야기하자 회의장에 몰려든 종남파 장로들이 고개를 끄덕이며 인상을 찡그린다.

"놈이 남긴 글귀하나 때문에 벌써 본산의 밑으로 달려온 무림인들이 득실거린다고 합니다. 그 대부분은 혈마의 실체를 구경하기 위해 달려온 구경꾼들에 지나지 않습니다."

"이번 기회를 잘 살린다면 무림에 다시 본파의 이름을 드높일 좋은 기회가 되지 않겠습니까?"

"그렇습니다. 약간의 희생을 치르더라도 이번 일은 본파의 역량으로 해결해야 한다고 봅니다."

장로들이 입을 열기 시작하자 순식간에 시끄러워지는 회의장이지만, 그들의 목소리는 한결 같았다.

이번 기회에 그를 처리하여 종남의 이름을 다시 퍼트리자는 것이었다.

그리고 그럴만한 자신도 있었다.

황실이 바뀌고 군부의 끈이 전부 날아가면서 종남에선 철지부심 무림에서 다시 명성을 쌓기 위해 준비해왔고, 얼마 전에서야 그 준비를 마칠 수 있었다.

그런데 기다렸다는 듯 무림을 뜨겁게 달구고 있는 혈마가 자신들을 치겠다며 선언한 것이다.

보름 뒤 종남은 사라질 것이다.

짧은 말이지만 이미 강렬한 인상을 보인 혈마이기에 그를 보기 위해 종남파에는 지금도 많은 무림인들이 몰려들고 있을 뿐만 아니라 무림의 시선이 집중되어 있다해도 과언이 아니었다.

"조용! 결론을 내리겠소."

장문인의 외침에 조용해지는 회의실.

"이번 기회를 이용하여 본파의 이름을 높이겠소. 문파
전체에 비상경계령을 내리고 최정예를 선발하도록 하시
오. 혈마는 종남에서 쓰러트릴 것이니!"

"장문인의 명을 받습니다!"

일제히 자리에서 일어나 외치는 장로들.

그와 함께 종남파가 발 빠르게 움직이기 시작했다.

종남산을 오를 수 있는 입구에 수도 없이 몰린 무림인
들. 하지만 종남의 무인들이 입구를 철저히 통제하고 있
는 탓에 누구도 산을 올라가지 못하고 있었다.

"사형, 정말 그가 올까요?"

"혈마의 후예라면 오겠지. 설령 아니더라도 별 상관은
없지만 말이야."

"네?"

"지켜보면 알게 될 거야."

태현의 말에 선휘는 알겠다는 듯 더 이상 묻지 않았다.
자연스럽게 알게 될 것이라 이야기 했으니, 곧 알게 될 것
이라 생각한 것이다.

진양표국와의 일을 정리한 두 사람은 무림을 시끄럽게

만들고 있는 혈마를 뒤쫓아 이곳 종남산까지 온 것이었다.

사령문이 갑작스레 멸문한 것도 의심스러운 일이지만 조용하던 무림을 뒤흔들려는 것 같은.

부자연스러움이 느껴졌기 때문이었다.

이번 일만 하더라도 태현은 진짜 혈마가 일으킨 일이 아니라 하더라도 크게 상관이 없었다.

중요한 것은 놈들이 관여한 것인지 아닌 것 인지였다.

그때였다.

웅성웅성-.

사람들이 시끄러워지기 시작하더니 모두가 한 곳을 바라보기 시작했는데, 그 시선의 끝에는 새빨간 홍의를 입은 자가 모습을 드러내고 있었다.

거칠게 자란 머리카락과 수염.

그 모든 것이 붉은.

과거 혈마의 특징과 똑 닮아있는 그 모습에 사람들은 혈마가 재림했다며 떠들어대기 시작했고, 그것을 들은 것인지 혈마는 의기양양한 표정으로 종남산의 초입에 도달했다.

"길을 터라. 오늘… 종남은 끝이 날 것이니."

말이 끝나기 무섭게 사방을 휘어잡으며 뿜어내는 기세는 굉장한 것이었다.

얼어붙었던 종남 무인들이 길을 트기 시작했고, 혈마
가 크게 웃으며 산을 오른다.

"크하하하! 종남은 오늘 불타오를 것이다!"

예언이라도 하듯 크게 소리치며 산을 오르는 혈마.

그의 뒤를 쫓으려던 무림인들이 종남파 무인들의 제지
에 크게 항의하지만 그들은 요지부동이었다.

누구도 올려 보낼 수 없다는 듯 말이다.

"실력이 있는 것 같지만… 그리 강한 것 같진 않은데
요?"

자신의 느낌을 여과 없이 말하는 선휘.

혈공을 익힌 것치곤 그리 강하지 않아 보이는 그의 모
습에 그녀가 의문을 가질 때 태현은 웃었다.

"놈들이로군."

"네? 뭐라고요, 사형?"

"저 혈마는 가짜다. 진짜가 겨우 저 정도 능력을 보일
리 없지."

"그럼 진짜는요?"

그녀의 물음에 태현은 고개를 들어 종남파가 있는 종
남산의 정상을 바라본다.

"벌써 올라갔거나… 사람의 눈을 피해 오르는 중이거
나. 둘 중 하나이겠지. 우리도 가자."

그 말과 함께 조용히 사람들을 피해 움직이는 태현과 선휘.

종남산을 오르는 길은 이곳만 있는 곳이 아니었다. 그저, 종남파로 향할 수 있는 가장 빠른 길이자 제대로 된 길일뿐이다.

종남파에서도 이 길을 막는 것으로 모든 사람을 막아낼 수 있을 것이라 생각지 않았다.

그저 어중이떠중이들을 막아내는 것만으로도 족하다 생각 할 뿐.

파바밧.

거친 살길을 거침없이 오르는 두 사람.

그렇게 한참을 움직이던 두 사람이 돌연 멈춰선다.

"사형, 이건⋯."

둘의 앞에 나타난 것은 쓰러진 종남의 무인이었다.

경계를 위해 매복을 하고 있었던 것 같은 그는 기괴한 모습으로 죽어 있었는데, 마치 목내라도 된 모습이었다.

이런 식으로 사람을 죽일 수 있는 무공은 그리 많지 않았고, 근래 크게 유명해진 혈마의 무공이 그 한 종류였다.

"아무래도 내 생각이 맞는 모양이야."

산을 오를수록 점점 피 냄새가 심해지고 있었다.

"아아악!"

"괴, 괴물…!"

종남이 감당 할 수 없는 괴물이 들었다.

"크하하하! 네놈들의 목숨을 내게 받쳐라!"

혈마(血魔)의 재림이었다.

〈3권에서 계속〉